KB110383

여행 아닌 여행기

여행 아닌 여행기

人生の 旅を ゆく

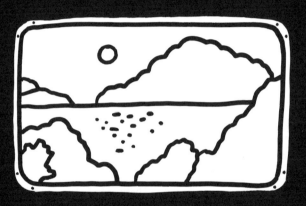

요시모토 바나나 · 김난주 옮김

민음사

차례

1 비가 오면 비가 와서 좋고, 추우면 맑은 공기를 음미하고,
잠이 부족하면 즐겁게 잠을 기대하고,
그때그때 행복하고 아름다운 일을 찬찬히 헤아리자.

대접

서민 동네에서 태어나고 자라 틀에 갇히거나 답답한 것을 그다지 좋아하지 않는다.

다실에서 다도를 할 때에도 예법을 갖추고 있지 않아 가루차를 만들면 거품만 잔뜩 일었지 멀겋다. 무릎을 꿇은 채 잘 알지도 못하는 족자 앞으로 스스슥 다가가 "오호!" 하면서 뭐라고 질문하는 것도 쑥스러워 못 한다. 괜히 나중에 "아, 그때 숙우 뚜껑 안 열었네." 하고 자신을 책망하기도 한다.

남의 집에서도 늘 드러눕고 싶은 게으른 인간이다.

서민 동네에서는 대개 거실의 앉은뱅이 상에 가격이 부담스럽지 않은 과자가 놓여 있고, 그건 누가 먹어도 상관없다.

어느 날, 우리 꼬맹이와 후지사와 할머니 집에 잠시 들렀는데 할머니의 딸도 있고 손자도 있고, 상에는 오늘도 쌀과자와 낱개로 포장된 바움쿠헨이 접시에 수북이 담겨 있었다. 할머니가 차를 끓여 주었다. 그런 참에 뒷집 아주머니가 나타나 입에 거품을 물고 투덜거렸다. 동네 사람들이며 가족에 대해서.

본인도 그랬지만 우리도 그냥 차를 마시고 과자를 먹으면서 들었다.

"아아, 그래요."

"에이, 그런 일도 있을 수 있지."

"몸이 아파 기력이 달렸나 보네."

"어허, 그것참."

모두가 되지도 않는 말로 적당히 맞장구를 쳤고, 아주머니도 그런 걸 다 알면서 얘기하고, 그러고는 개운한 표정으로 돌아갔다.

"불만이 많네."

"성격 하곤."

"그래도 하고 싶은 말 다 했으니 시원하겠지."

모두들 그렇게 말하고는 아무 일도 없었던 것처럼 그 자리에서 바로 잊어버렸다.

서민 동네에서 이웃을 대접하는 가장 완벽한 모습이다.

나카노에 있는 어느 선술집에서 계산을 치르고 있는데 삼십 대 초반으로 보이는 남자가 혼자 들어왔다.

그때 2층에서 시끌벅적하게 생일 파티를 하던 남자가 취해서 비틀거리며 화장실에 다녀오는 길에 아무 망설임 없이 삼십 대 남자의 어깨를 껴안고 불쑥 말했다.

"여, 자네, 혼자야? 같이 마시자고!"

누가 봐도 초면. 나이도 많아 보이는 사람에게.

"아니, 나는, 카운터 자리에서 마시면 되는데."

남자는 아무렇지 않게 거절했다.

"그래? 그럼, 언제든 올라오라고, 위에 있으니까."

술 취한 남자는 그렇게 말하고 계단을 올라갔다.

그런데 카운터 앞에 빈자리가 없었다. "자리가 없군." 하더니 남자는 잠시 생각하고서 에라 모르겠다는 식으로 계단을 올라갔다. 그의 두근거림, 설렘이 전해졌다.

아, 이런 게 서민 동네의 대접이지, 아직 살아 있네 하고 나는 생각했다.

여행 아닌 여행기

어성초

6월의 일이다.

현관을 장식하던 꽃이 지고 말았는데 너무 바빠서 사러 갈 틈이 없어 마당에 핀 어성초 꽃을 따다 꽂았다. 하얗고 자잘한 꽃송이가 한창 필 시기였다. 이파리도 탱글탱글하고 좋은 냄새가 났다.

시간이 좀 지나 꽃가게에 가서 예쁜 꽃을 사 왔다. 장미와 아네모네, 꽃양귀비, 백합. 우리 집 현관은 다시 화사해졌다. 그러니 어성초를 버려도 상관없었다. 한 발짝 나서면 마당을 다 점령할 정도로 무성하게 돋아 있기도 하고.

그렇게 무성해지도록 왜 뽑지 않았느냐 하면 개가 늘 신나게 어성초를 우적우적 씹어 먹기 때문이다. 두 마리 중 한 마리는 전혀 관심이 없는데 피부가 약한 아이는 열심히 먹었다. 피부에 좋다는 걸 본능적으로 아는지, 그 맛을 좋아하는지.

목욕물에 넣기도 하고 술을 담그기도 하고, 여러모로 활용해도 여름 동안에는 쑥쑥 자라 온 마당에 무성해진다. 겨울이 오면 싹 없어진 것처럼 보이는데 봄이 되면 여기저기에서 조그만 하트 모양 이파리가 돋는다.

그러다 나까지 어성초가 좋아졌다. 한없이 기대도 다 받아 줄 것처럼 생명력이 강한 식물이라고 생각되었다.

옛날에는 '화장실 밑에 자라는 더러운 풀' 정도로밖에 여기지 않았는데.

필요해서 줄기를 자르면 향이 사방으로 강하게 퍼져 잠시 어찔해진다. 그 느낌마저 사랑스러웠다.

그런 심정에 그냥 휙 버릴 수가 없었다. 물을 갈아 주면서 그대로 현관에 놔두었다. 물이 썩을 만큼 긴 여행을 떠났다 돌아와도 어성초는 자기 이파리로 물을 정화하고 뿌리를 내려 살아 있었다. 이렇게 흙도 깨끗하게 하나 보네 하고 나는 생각했다.

어성초는 현관에서 한겨울을 지났다. 마당의 어성초는 다 말라 버렸는데도 열심히 버텼다. 그러다 새봄이 돌아온 3월에 끝내 말라 버렸다.

정말 오래 살았네 하고 감동한 나는 그 뿌리를 화분에 버렸다. 혹시나 다시 살아나 줄까 하는 기대를 품고서. 마당의 어성초는 새싹이 송송 돋는데 화분에 버린 뿌리는 메마른 그대로였다. 그렇게 오래 살았으니까 어쩔 수 없다고 생각했는데, 몇 달 후 뿌리가 있던 자리에서 1센티미터 정도의 조그만 하트 모양 아기 이파리가 쏙 돋았다.

와, 대단하네 하고 생각했다.

이 저력, 이 소박함, 이 활력!

여러 가지 효능이 있으면서 풍성하고, 값도 비싸지 않

고, 강압적이지 않고, 너그럽다.

　장미와 백합이 아니면 어때, 이런 꽃으로 살고 싶네 하
고 생각했다.

마음의 여유

어느 여름의 일이다. 너무 바쁜 나머지, 날씨가 따뜻하니까 괜찮겠지 하고서 키우는 육지 거북을 잠시 소홀히 했다.

육지 거북은 원래 사막에 사는 생물이라 일본에서 키우려면 자외선을 듬뿍 쐬어 줘야 한다. 그래서 자외선 등도 때맞춰 잘 갈아 주고 편식을 하지 않게 잘 관리해야 하는데 너무 바빠서 거북의 모습을 보지 않았다. 기운이 있는지, 눈은 반짝거리는지, 산책을 잘하는지.

아이를 낳기 전에는 좀 한가하다 싶을 때면 오전 내내 거의 거북 뒤를 졸졸 따라다니면서 관찰했다. 몸을 깨끗이 씻어 주고, 햇볕도 듬뿍 쐬어 주고, 힘차게 움직이는지 꼼꼼하게 살폈다. 자외선 등도 반년마다 꼬박꼬박 새로 사다 갈아 끼웠다.

거북도 점차 나를 따라 주었다. 이름을 부르면 어딘가에서 기어 나오고, 배가 고프면 냉장고 앞에서 기다렸다. 나는 거북이 몇 시에 어떻게 행동하는지 잘 알고 있었다.

그런데 너무 바빴던 그 여름에는 거북을 쳐다볼 여유가 없었다.

그러다 끝내 한 마리를 떠나보내고 말았다.

나는 엉엉 울면서 후회했다.

거북 한 마리라도 허투루 해서는 안 된다고 생각했다.

거북에게 한 짓은 언젠가 다른 동물에게도, 아이에게도, 일에도, 나 자신에게도 할 가능성이 있다.

거북이 내게 가르쳐 준 교훈이라고 생각한다.

남은 한 마리를 병원에 데려가 건강 진단을 받았다. 변형된 발톱과 부리를 치료하고, 기생충을 구제하고, 햇볕을 많이 쐬어 주고, 산책을 시키고, 자외선 등을 바꿔 끼우고 아무튼 죄를 씻으려 했다.

갑자기 대우가 좋아져서 놀랐는지 거북이 처음에는 당황하는 눈치였다. 그러다 힘차게 산책도 하고, 체중도 늘고, 빛깔도 좋아졌다.

여전히 바쁘지만 그래도 나는 거북의 모습을 자주 돌아보게 되었다.

거북은 오전에만 활동한다. 아침 햇살 속에서 눈을 뜨면 우선 햇볕이 잘 드는 곳에서 체온을 올린다. 거북 집을 청소하는 동안 마당에 내다 놓으면 여기저기를 돌아다니고, 그러다 더우면 물장구를 치고, 먹이도 한껏 먹고, 운동을 한 다음에는 볕이 좋은 곳을 찾아가 느긋하게 쉬고 마지막에 내 발치로 다가온다. 그래서 거북 집에 넣어 주면 다음 날까지 계속 잔다. 참 느긋한 삶이다. 오래 살만도 하다.

그 모습을 보고만 있어도 마음이 푸근해진다.

지나치게 바쁘다는 건 마음을 잃는 거구나 하고 생각했다. 남자는 삶의 어느 시기에는 무모하리만큼 일에 매진하는 편이 좋은 경우도 있다. 그러나 '키우고 기르는' 본능을 지닌 여자는 너무 바쁘면 안 좋다고 느꼈다. 절대 차별적인 의미에서 하는 말이 아니다. 현대에는 너무 바쁜 여자들이 많다. 모두가 조금이라도 여유를 찾았으면 좋겠다. 정말 그렇게 생각한다.

할머니

전에 키우던 골든 레트리버 러브는 할머니가 되기 전에 병으로 죽었다.

산책하러 나가고 싶은 마음은 있어도 몸이 움직이지 않아, 목줄을 하고 밖으로 나가면 집에서 50미터 정도 떨어진 공원의 느티나무 아래에서 이제 더 못 걷겠어요, 이제 됐어요 하는 표정으로 걸음을 멈추고 헉헉거렸다.

너무 힘겨워 보이는데, 왜 내가 이러는지 모르겠네 하는 그 몸짓이 애처로워 러브를 껴안고 울었다.

"러브랑 매일 산책했던 날들, 절대 잊지 않을게."

그런데도 러브는 열심히 꼬리를 흔들었다.

그날 후로 나가고 싶다는 몸짓을 아예 보이지 않는 것도 애처로웠다.

동물은 그렇게 미련 없이 죽음을 준비한다.

나는 러브를 끝까지 간병하리라 마음먹고 누워서도 이동이 가능하도록 수레를 사는 등 여러 가지 경우에 대비했는데 아직 젊은 나이에 세상을 떠나 맥이 좍 풀리고 말았다. 꿈이 사라진 것 같았다.

뒤에 남은 한 마리는 이미 젊지 않았다.

러브가 죽기 몇 시간 전, 누워 있는 러브 옆에는 얼씬도 하지 않던 아이가 갑자기 성큼성큼 걸어와 러브 옆에 똑같은 모습으로 누웠다. 힘겹게 숨 쉬는 러브의 배에 등을 딱 붙이고 똑같은 모습으로 거기에 가만히 있었다. 그러고는 어느 순간 벌떡 일어나 방에서 나갔다.

죽은 러브 곁에는 다가오려 하지 않았다.

작별을 하고 무언가가 전해진 것이리라. 인간보다 훨씬

의젓한 죽음에 나는 너무 놀랐다.

눈물도, 작별 인사도, 미련도 없이 그렇게 완벽하게 받아들이다니.

지금 할머니가 된 그 개는 똑바로 앉지 못해 바닥에 널브러지곤 한다. 언제나 자고 있고, 가끔 산책하러 가자고 현관에서 끙끙거리지만 막상 데리고 나가면 앞이 보이지 않아 여기저기 부딪치면서 비틀비틀 천천히 걷는다. 그래도 아주 만족하고는 돌아온다. 툭하면 설사를 해서 엉덩이가 더러워질 때마다 닦아 주고 빗질을 해 준다. 옛날에는 그렇게 싫어하더니 요즘은 빗질이 좋아진 듯하다.

입에 맞는 것밖에 먹지 않기 때문에 사료는 일체 거부, 늘 사과를 노린다. 잘라서 주면 아삭아삭 먹는다. 사람이 고기를 먹을 때면 달라고 해서 조금 나눠 준다. 할머니와 함께 평온하게 시간이 흐른다. 러브와 함께 하지 못한 것을 이 아이와 하고 있다. 지금이 영원히 계속되면 좋겠다고 생각한다. 천천히 지나갔으면 좋겠다고 생각한다. 두 마리 몫의 꿈이 지금 이루어져 나는 슬프지만 행복하다.

인간 따위

사랑하는 우리 개 젤리(티베탄 테리어)가 며칠 전에 열일곱 살 나이로 죽었다. 더할 나위 없이 장엄한 죽음이었다.

조금씩 기운을 잃어 내년 여름에는 어쩌면 함께일 수 없겠다고 어렴풋이 예감은 하고 있었다.

어느 날 갑자기 밥을 뚝 끊었다.

혹시나 해서 좋아하는 죽과 고기 부스러기를 주었더니 그나마 조금 먹었다.

걸어 다니기도 하고 화장실에도 제 발로 갔는데, 어느 날 병원에 데려갔더니 수의사가 이 상태면 앞으로 며칠

안 남았다고 했다. 말도 안 된다고 생각했다. 그런데도 선생님은 안타까운 표정으로 일주일 이상은 기대하지 말라고 했다.

나는 잠시 머뭇거리다가 한 달 이내로 예정되어 있는 모든 일과 여행을 취소했다. 최대한 같이 있어 주고 싶었고, 아무도 없을 때 혼자 죽게 할 수 없어서 누가 뭐라든 상관없다고 생각했다.

젤리가 내게 베푼 것에 비하면 그런 작은 일 따위는 아무 것도 아니었다.

마지막 밤이 될 줄 몰랐던 마지막 밤, 한 손을 계속 젤리의 배에 대고 있다가 그만 잠이 들고 말았다. 번뜩 눈을 떴을 때 젤리는 기어서 화장실에 갔는지 그 앞에 쓰러져 있었다. 죽었으면 어쩌지 했는데 숨을 쉬고 있고 고개를 들기에 살며시 안아 따뜻한 곳으로 옮겼다.

따뜻한 곳에서 갓난아기처럼 새근새근 잠든 젤리를 보고서 나는 남편과 부둥켜안고 울었다. 이렇게 불쑥 그날이 오다니, 죽기 직전까지 이렇듯 아무렇지 않게 생활하다니 너무도 훌륭했다.

말하면 안 되는데 도저히 견딜 수 없어 말하고 말았다.

"젤리가 없으면 나 어떻게 살아. 안 돼, 아직 가지 마."

부득이 밖에 나가야 할 일이 생겨 잠시 나갔다 왔는데 젤리는 아직 기다려 주었다. 남편과 나는 링거 주사를 맞고 있는 젤리 곁을 내내 지켰다.

점차 몸이 차가워지고 숨도 가빠졌다.

한 시간이 지나 체온이 점점 떨어지는데도 젤리는 힘겹게 살아 있었다.

그때 퍼뜩 떠올랐다.

혹시 내가 아침에 못 가게 해서 이렇게 힘을 쥐어짜고 있는 것은 아닐까?

그래서 용기를 내어 말했다.

"정말 힘들면 가도 괜찮아. 다시 태어나면 우리 집에 꼭 와 주고. 약속해."

그 순간 젤리는 숨을 거뒀다.

우리는 엉엉 울었지만 그 장엄함에, 그리고 한번 충성

을 맹세하면 반드시 지키는 개라는 존재의 위대함에 압도되어 감동했다.

아무리 사랑하는 사람의 부탁이라도 그렇지 허락이 떨어질 때까지 죽지 않고 기다리다니 인간은 과연 그럴 수 있을까?

그럴 수 없을 듯하다. 적어도 나는 그렇게 못 한다. 그러나 인간도 원래는 그럴 수 있는 존재였다는 것은 안다. 불필요한 온갖 짐을 짊어지다 보니 가장 소중한 것을 잃었다.

살다 가는 존재로서는 젤리 쪽이 훨씬 위대하지 않을까. 새삼스럽게 어떻게 살지를 생각하게 되었다. 그렇게 훌륭하게 죽을 수 있도록 살고 싶다.

흔적

처음 그 사람을 보았을 때 마주치지 않았다면 좋았을 걸 했다.

키며 뒷모습이 아는 사람을 무척 닮아서였다. 그것도 별로 좋아하지 않는 사람을.

그런데 그 사람이 돌아보았을 때 다른 사람이란 걸 알았다.

커다랗고 예쁜 눈이 어딘가 먼 곳을 바라보는 것처럼 아련하고 얼굴도 귀여웠다. 아는 사람과 그 사람은 얼굴은 참 비슷하게 생겼는데 전혀 달랐다. 사람은 역시 마음을 봐야지 생긴 걸로 따져서는 안 되네 하고 생각했다.

그녀의 올곧은 마음이 표정에 전부 나타나 있었다.

그녀는 꿈을 꾸는 듯한 눈빛으로 말했다.

"선생님 소설을 정말 좋아해요. 정말, 정말 좋아해요."

나는 고맙다고 말하고서 물었다.

"그런데 어쩜 그렇게 아름다워요? 믿을 수 없을 정도로 아름답네요."

그녀는 "그렇지 않아요!" 하고 말하고, 남편도 겸손하게 "아니죠, 전혀 그렇지 않습니다." 하고 말했다. 그런데도 모두가 생각했다. 정말 아름다운 사람이네, 이런 사람도 있구나 하고.

그 아름다움과 내 소설을 좋아한다는 것 외에 그녀에 대해서는 아무것도 모른다.

그녀가 죽었을 때, 마음이 그렇게 아름다운 사람이 이 세상에 오래 있을 것 같지 않으니 어쩔 수 없는지도 모르지 하는 생각마저 들었다.

일과 관련해서 얼굴이 예쁜 사람은 많이 만난다. 그러

나 웃는 얼굴에서 정말 아름답고 따스한 것이 풍기는 사람은 좀처럼 만날 수 없다. 언제나 아름다운 것을 보고 아름답게 생각지 않으면 그런 표정은 나오지 않는다. 사람을 생각하고, 사람에게 좋게 행동하지 않으면.

그 모습이 제비꽃처럼 내 마음에 남아 있다.

살아간다는 것은 조금씩 더러움을 쌓아 가는 일인지도 모른다. 조금씩 영악해지고, 조금씩 때가 끼고.

그러나 중년이 지나면 경험이 값을 발휘해 강하면서도 선해지고 점차 아름다워지는 일도 있다.

사람들의 젊었을 때 사진을 보면 대략 이삼십 대에는 불필요한 것을 많이 껴안은 무겁고 어두운 표정이다. 미간을 찡그리고 자기 생각에만 몰두하는 얼굴이다.

그런데 삼십 대에서 사십 대가 되면 사람에 따라서는 여전히 무겁지만 대개는 한 꺼풀 벗은 개운한 얼굴이다. 무언가를 움켜쥐고 있지 않은, 집착을 떨어 버린 환한 얼굴. 그리고 그런 사람은 점점 더 벗어 내고 떨어 내어 마침내 하늘로 돌아가는 것이리라.

　자신의 생각, 자신의 슬픔, 주위가 자기를 알아주었으면 하는 바람, 뭔가를 원하는 마음, 그런 것들을 자기 안에서 해결하고 자기 위주로만 사는 시간을 줄일수록, 자신의 나쁜 면까지 껴안아 자기와 친근해질수록, 자기를 소중히 여기는 시간을 많이 가질수록 사람의 얼굴은 아름다워진다.

　언젠가는 나 역시 죽으리라.

　소설을 얼마나 많이 남기고 가느냐, 얼마나 유명하게 지내다 가느냐보다는 조금이라도 개운한 얼굴로, 그 아름다운 사람 같은 눈빛으로, 집착의 분량을 가능한 한 줄이고 떠나고 싶다.

뜻대로 되는 인생 따위

아이를 키우고 집안일을 하는 게 너무 힘들고, 소설을 쓰면서 사장 노릇까지 겸하다 보니 너무 바빠서, 이대로 인생이 끝나고 마는 게 아닐까 하고 생각했던 시기가 있었다. 한편으로는 이 상황을 고마워해야 한다는 생각도 있었다.

'정해진 시나리오가 있어서 줄곧 평화로워 보이는 지금이 무너지지 않기를, 그렇게만 되면 변화 따위는 없어도 좋다.' 하는 함정에 빠져 있었다. 지금 돌아보면.

그런 시기의 어느 아침, 동네 오빠가 운전하는 차에 타게 되었는데 막 출발하려는 참에야 손에 든 컵에 커피가 절반쯤 남아 있다는 것을 알았다.

평소 같으면 아깝지만 커피를 버리고 컵을 씻어 놓은 다음 차에 탔을 것이다.

그런데 그날 아침에는 햇살도 아름답고 바람도 상쾌하고, 게다가 커피가 유독 맛있게 내려져 무거운 사기 컵을 든 채 차를 탔다. 커피가 뜨거워 이동하면서 마시자니 위험했지만 그날의 멋진 날씨와 유난히 맛있는 커피가 어우러져 새 바람이 불어오는 듯했다. 뭐야, 왜 커피를 들고 차에 타면 안 된다고 생각했지. 불쑥 깨달았다.

내 인생은 내 것이라고.

왜 그런 걸 잊고 있었는지 모르겠다. 아이가 생겼으니 시간을 빼앗기는 게 당연하다고 생각해서였을까. 또는 현역 생활이 25년 가까워 일하는 방식이 정착된 탓에 예외적인 일은 없을 것이라고 생각했기 때문일까. 위험과 안전, 두 가지가 나란히 있다면 다소 유쾌하지 않더라도 안전을 택하라, 왜냐하면 아이가 있으니까. 그렇게 생각하게 되었기 때문일까.

하지만 그 아침, 우연히 여러 요소가 겹쳐서 나는 보고 말았다. 커피 한 잔을 마시면서 바라보는 동네 경치 모두가 무대 장치 같은 환영이라는 것을. 게으름을 피운 만큼 그 자리를 메우려면 필요한 것이 많지만 한 가지씩이라도 해결해서 반드시 제자리를 찾겠다고 결심했다.

자기 삶에 대해서 어디까지가 외부로부터 세뇌된 것인지, 또는 그렇지 않은지. 나는 시간을 들여 하나하나 생각해 왔고, 지금도 생각하고 있다. 앞날에 대해 준비가 지나쳐도 안 되고, 보이지 않게 눈을 너무 꼭 감아도 안 된다.

오직 자신을 위해 조정하는 자기 인생. 그 과정에서 깨달은 온갖 것으로부터 나는 기운을 얻었다. 근육과 마찬가지, 마음도 매일 단련하면 강해진다. 사람에게 힘을 맡겨서는 안 된다. 힘은 합하는 것이지, 맡기는 게 아니다.

아무리 존경하는 사람이라도, 사랑하는 사람이라도.

한 걸음 밖으로 나가면, 아니 사실은 집 안에서도 언제 어디에 뭐가 있을지 알 수 없는 게 인생이다. 얼마 전에 만났던 사람을 다시 만나지 못하게 되는 것도 당연한 일일 수 있다. 그렇다고 꽉 움켜쥐고 있으면 아무것도 할 수 없다. 그 사이의 적당선. 바람을 타고, 파도를 타고. 판단한다. 그런 본능을 언제든 반짝반짝 갈고닦는다. 가끔은 게으름도 피우며.

푸껫에 해일이 발생한 당시 그곳에 있었던 내 친구는 그날 아침 버스 정거장에서 티켓을 사면서 문득 생각했다.

"어제도 바다를 봤으니까 오늘은 산으로 가야지."

그러고는 티켓을 바꿔 목숨을 건졌다.

그렇게 아무 예고 없이 야생의 힘이 내려온다.

만약 판단을 잘못해서 죽음이 찾아오면 '아아, 빗나갔네. 여기까지였나 봐!' 하는 정도로만 생각할 수 있게, 한껏 살고 싶다.

이걸 먹어라, 저걸 먹어라, 이걸 사라, 저걸 버려라. 우리는 온갖 정보가 넘실대는 바다를 헤엄쳐 간다.

어디까지나 적당히 현실적이고 싶다. 생각과 염원하는 힘으로 해결하고 싶지 않고, 돈으로는 더욱이 해결하고 싶지 않다.

눈앞에 노인이 있으면 돕고, 아이가 있으면 '내가 나이를 먹었을 때는 너희들이 사회를 만들어 가겠지.' 하는 기분으로 소중하게 여기고 싶다. 그다지 탐탁지 않은 상대라도 동료라면 얘기를 들어 주고 싶고, 너무 시끄러우면 "거 참 시끄럽네," 하고 자연스럽게 말하고 싶다.

그 아침, 따끈한 컵을 쥐었던 손과 새로 돋은 싹을 보면서 무언가를 깨달았던 눈이 분명하게 느꼈던 자유로운 바람을 배반하지 않는 인생을 살자고 생각한다.

시작이 늦었어도 몇 살이든 어떤 상황에서든 되찾을 수 있다. 꿈같은 얘기가 아니다. 같은 생각을 지닌 동지는 전 세계 어디에든 있을 테고, 움직이기 시작하면 불쑥 만나기도 한다. 인생은 뜻대로 되지 않는다. 그렇다면 그 괴로운 흐름 속에서 헤엄치면 된다.

뜻하지 않은 일이 생기면 자신이 어떻게 대처하는지 흥미롭게 지켜보면 된다. 우는지, 웃는지, 포기하는지. 그러다 새로운 자신과 마주치면 축하하면 된다.

오늘부터 한 가지라도 시작할 수 있다. 생명은 열려 있으니까.

착각

우리 할아버지가 남긴 말 가운데 이 말은 평생 잊지 못한다.

다른 글에서도 몇 번 언급했지만 지금 다시 한번 쓴다.

우리 아버지가 나라를 위해서라면 죽어도 좋다, 전쟁터에 가겠다고 기염을 토했을 때 할아버지는 이렇게 말했다고 한다.

"전쟁터에서 총알에 맞거나 지뢰를 밟아 폭발해서 즉사하는 경우는 그리 많지 않다. 대부분 작은 상처가 곪아서 점차 힘을 잃어 가든지, 세균에 감염되어 고통받으면서 서서히 죽어 가지."

그 말에 아버지는 완전히 기개를 잃었다고 한다.

참 대단한 할아버지다.

어떤 이유로든 죽어 가는 경험을 해 보면 불현듯 깨닫는다. 꽃병에 꽂은 꽃이 더는 물을 빨아올리지 않아 점차 시들고 말라 가는 이미지.

어? 언제 이렇게 돌아갈 수 없는 곳에 와 있지. 아뿔싸, 이렇게 약해졌구나, 여기까지 왔구나. 이상하네, 아직 맥주도 마실 수 있고, 힘을 내면 여행도 할 수 있고, 애쓰면 아침에 일찍 일어날 수도 있고, 상태가 안 좋다는 걸 아무도 모르게 하루를 마무리할 수도 있는데. 그래서 아직은 괜찮다고 생각했다. 그런데 사실은 기침이 그치지 않고, 숨을 쉬이 쉴 수 없고, 똑바로 걸을 수 없고, 미열이 계속되고, 생리가 멈출 줄을 모르고, 맛도 모르고, 눈은 침침하고…… 그런 느낌?

내가 체험한 그대로는 아니지만 그렇게 느꼈다.

그 상태까지 갔다면 돌아오는 길은 이미 편치 않다.

하지만 그곳에서도 사람은 돌아올 수 있다.

나는 그렇게 되기 아주 전 단계에서 이상하다 싶었다.

그래도 몸은 상당한 타격을 입었고, 아직은 돌아오는 길에 있었다. 별거 아닌 일을 심각하게 생각했다.

오늘 살아 있어 기쁘다. 가족이 웃는 얼굴로 손 닿는 거리에 있어 기쁘다. 하루가 끝나는 게 서글프다. 딱히 관대해진 것은 아니다. 짜증을 부리고, 화도 내고, 고함을 지르기도 한다. 하지만 그렇지 않을 때는 한껏 그렇지 않게 지낸다. 비가 오면 비가 와서 좋고, 추우면 맑은 공기를 음미하고, 잠이 부족하면 즐겁게 잠을 기대하고, 그때그때 행복하고 아름다운 일을 찬찬히 헤아리자.

만약 내일이 마지막 하루라 하더라도 오늘과 똑같이 지내리라. 그렇게 생각할 수 있는 나날을 살아가자.

다카노 데루코 씨는 이를 "행복의 문턱을 낮추는 편이 좋다."라는 말로 표현했는데 정말 그렇다고 생각한다.

죽음에 조금 가까운 장소를 보기 전의 나는 늘 오만하고, 주위 사람들에게 갖가지 요구를 하고, 나는 이렇게 애쓰고 있는데 다들 뭐야 하는 태도를 취했다. 이 또한 정말 평범한 얘기지만 그랬다.

몸 상태가 아주 심각할 때에도 이런 생각을 했다.

'몸만 이렇지 않으면 이런저런 일을 더 할 텐데!'

하지만 터무니없는 착각이라는 걸 알았다.

지금은 지금밖에 없고, 지금의 패턴밖에 없다. 다른 상태와 뒤바꿀 수 없다. 지금은 지금으로서의 최선을 다하는 도리밖에 없다. 날씨가 좋고 잠을 충분히 자서 몸 상태가 좋을 때는 당연히 최상의 퍼포먼스가 가능할 수도 있다. 그러나 그런 생각도 환상에 불과하다. 아무튼 내게는 지금 눈앞에 있는 것밖에 없다.

더 멋지게, 더 좋은 세팅으로, 최고의 것을 보고 싶다!

그렇게 원하도록 세뇌된 게 아닐까?

그렇게 생각했더니 감기든 수면 부족이든 실수든 별거 아니게 생각되었다. 그날의 내가 그랬으니 어쩔 수 없다. 원인이 있고 개선이 가능하다면 다음에 고치면 된다. 가공의 자신이 아니라 부족하더라도 지금의 자신을 축으로 생각하고 행동하기.

얼마 전에 오래전부터 집안일을 도와주던 E 씨가 말을 꺼냈다.

"가능하면 일을 하루도 쉬고 싶지 않은데 친척 아저씨가 곧 돌아가실 것 같아요."

무슨 일을 하는 도중이라 느긋하게 얘기할 상황은 아니었으니 예전의 나 같으면

'얘기가 길어지려나. 나 지금 바쁜데.'

하고 생각했을 것이다. 그런데 그때의 나는 지금 상황에서 최선을 다하기로 했다.

"그 친척 아저씨, E 씨와 어떤 관계인데? 친하게 지내는 사이야?"

친척 아저씨는 돌아가신 어머니의 친척으로 E 씨 집안의 건물에 살면서 건물을 관리해 주고 있다. 어릴 때부터

E 씨를 귀여워해 주었다. 그런데 지금 말기 암으로 고생하고 있다. 다음 휴가 때까지 버티지 못할 것 같다. E 씨는 그렇게 설명했다.

"장례식 때는 내려가 봐야겠지요."

포기한 듯이 말하는 E 씨에게 나는 말했다.

"우리 집 일은 쉬어도 괜찮아. 그리고 장례식에 참석하지 않아도 되고. 죽은 사람을 만나는 것은 심정적으로 중요한 일이고 사회적으로도 그렇지만, 살아 있을 때 만날 수 있다면 장례를 치르기 전의 살아 있는 당사자가 기뻐하지 않을까. 누가 알아주지는 않더라도 말이야. 그게 더 중요하지. 그러니까 빨리 가 봐. 살아 있는 동안에 만날 수 있게."

예전의 나 같으면 애 키우기도 힘들고 일 때문에 숨이 넘어갈 것 같은데 지금 쉬면 어떻게 감당하라고 하는 생각이 마음 어딘가에 있었을 것이다. 하지만 그렇게 살지 않기로 결심한 나는 E 씨에게 그렇게 말할 수 있었다. 그게 만약 오기에서 나온 말이라면 의미가 없다. 한 인간이 이유가 있어 그 자리를 떠나고 싶어 할 때 그 부재를 방해하지 않는 자연스러운 여유가 중요하다.

E 씨는 바로 고개를 끄덕였다.

"정말 그러네요. 그렇게 할게요."

친척 아저씨는 E 씨를 만나고 바로 숨을 거뒀다. 그리고 그녀는 임종을 지키고 장례식에도 참석할 수 있었다.

마지막 얘기를 나누고, 아픈 곳을 마사지해 드리고, 웃는 얼굴로 작별했다. 친척 아저씨가 마지막까지 E 씨를 소중하게 여겼다는 것을 그녀는 두 눈으로 확인할 수 있었다.

"그때 내려가기를 정말 잘했어요. 살아 있는 아저씨 모습을 봤고, 만족감도 드릴 수 있었어요. 휴가 내 주셔서 감사합니다. 그때 그런 말을 듣지 않았더라면 장례식 참석이 더 중요하다고 생각했을 거예요."

내가 대단하다는 말을 하려고 이런 얘기를 하는 게 아니다.

지금까지 바쁘다는 이유로 최선을 다하지 못한 순간이 어떤 끔찍한 결과를 낳았는지 생각만 해도 소름이 끼친다.

지금부터라도 되찾을 수 있을까.

그럴 수 있다. 살아 있는 한, 몇 번이든.

딱히 긍정적인 사고가 아니다. 그냥 사실이다.

카레라이스와 카르마

옛날에 살던 동네에 겉보기는 아주 평범한데 회원제로 운영되는 인도 카레 가게가 있었다. 나는 회원이 아닌데 어느 날 주인과 친한 친구가 데려가 주었다.

난도 카레도 너무 맛있어서 입이 녹을 것 같았다. 카레는 종류 불문 정성과 품이 고스란히 느껴지는, 타협이 없는 맛이었다. 맛있다고 그저 좋아하는 나를 체격 좋은 주인이 무척 마음에 들어 했다.

"왜 회원제죠?"

하고 물었더니

"모르는 사람이 오면 긴장하니까. 긴장하면 맛있게 만들 수 없어서요. 한번 온 손님은 아무렇지 않아요."

그는 쑥스러워하면서 그렇게 말했다. 그냥 부끄러움을 많이 탄다는 이유였다.

주인이 건강을 해쳤을 때 꽃다발을 보냈더니 며칠 후 크기가 들쭉날쭉한 용기에 갖가지 카레가 담겨 배달되었다. 냉동할 경우에는 종류에 따라 어떻게 해동하라는 방법까지 메모지에 꼼꼼하게 적혀 있었다.

물론 가게에서 막 구워 낸 난과 먹으면 훨씬 맛있지만, 카레를 맛있게 먹어 주기를 바라는 마음이 메모에 소복하게 담겨 있었다. 그 투박한 글자를 보면서 주인이 지금 여기 있는 것 같다고 생각했다. 그러나 그때가 마지막이었다.

가게에서 집으로 돌아가는 길에 뺑소니 교통사고를 당했는데 실려 간 병원의 의료 사고로 세상을 뜨고 만 것이다.

"다음에 마당에다 탄두리 가마를 만들어 드리죠. 간단해요, 하루면 만들 수 있어요! 그리고 거기에다 뭐든 구위 드리죠."

웃는 얼굴로 그렇게 말했는데.

그 카레 맛을 기억하고 싶은데 점점 멀어진다. 애달프다. 오래도록 생생하게 기억하고 싶었는데.

새로 이사 온 집 근처에 인도 카레 전문점이 생겨 완전 단골이 되었다.

붙임성이 그다지 없는 주인이 점차 마음을 열고 말을 걸어 주었다. 그는 스파이스를 사들이기 위해 인도에도 자주 오가는데, 그곳에 가면 카레 맛집을 찾아다니는 등 연구를 계속했다. 그가 인도에서 돌아와 새 메뉴를 선보이면 동네에서 화제가 되곤 했다.

어느 날 그 가게에서 카레를 먹고 있는데 멋진 음악이 흘러나왔다.

"다 같이 여름휴가를 떠나자, 모든 것은 뜻한 대로, 걱정거리 하나 없네, 내게도 너에게도. 태양은 타오르고, 바다는 파라네, 영화에서 본 것처럼. 그걸 지금 실제로 보러 가는 거야. 나와 너의 꿈을 이루러 가자."

그런 내용의 가사였다.

"이 곡이, 뭐였죠?"

"클리프 리처드의 「섬머 홀리데이」 아닌가요? 유명한 곡이죠. 수많은 뮤지션이 커버했고."

주인이 말했다.

"잘 먹었어요, 이제 곧 인도에 가나요?"

"네, 여러 가지로 기대가 큽니다."

"돌아오면 카레들이 더 맛있어지겠네요. 기대할게요!"

그 대화가 마지막이었다.

여름휴가로 떠났던 인도에서 돌아오자마자 그는 교통사고를 당해 죽었다.

나는 또 이사를 했다. 예전에 살던 동네에는 잘 가지 않는다.

그런데 예전에 살던 동네에서 친하게 지내던 카레 가게 주인이 우연히 이사를 왔다. 그 가게 카레는 엄마의 손맛이다. 인도 카레라는 이름을 내세우고 있으니 당연히 스파이시하지만, 한없이 일본의 카레라이스에 가까운 맛이라 아무리 먹어도 질리지 않는다. 이사 와 주어서 정말 고마웠다.

나와 남편과 아이, 그리고 친구들도 그 가게를 드나들며 몇 번이나 카레를 먹고는 맛있는 카레가 주는 행복을 만끽했다. 특별할 것 없는 음식, 그러나 그녀밖에 만들지 못한다. 아르바이트생이 만들면 맛이 조금 다르다.

어느 날 그녀 집 옆을 걸어가는데 땅에 뭐가 떨어져 있었다. 아기 새의 시체였다. 그것도 세 마리나. 큰 새에게 둥지가 습격이라도 당한 것일까? 길가에 밀어 놓고 두 손 모아 잠시 명복을 빌고는 다시 걸어갔다.

그런데 아니었다. 그녀 집에 화재가 발생해 불에 그어 떨어진 것이었다.

바로 소방차가 출동했고, 이어서 많은 일이 있었다. 괴로운 일도 빛나리만큼 귀여운 일도. 주인은 무사했다. 모든 것을 잃어 절망했지만 가게는 계속하기로 했다.

다행이다, 세 번째는 죽지 않아서. 순수한 인도 카레가 아니라 하얀 쌀밥과 함께 먹기 때문에, 일본의 '카레라이스'이기 때문에, 그래서였을 거야 하고 나는 마음속으로 생각했다. 카레의 신님, 감사합니다, 당신이 그렇게 엄밀해서 다행이네요.

그런 으스스한 얘기는 할 수 없으니 시침 뗀 얼굴로 나는 오늘도 그 가게에서 카레를 먹는다. 계절 따라 맛이 다른 채소가 들어가는데도 카레 맛은 변함없다. 그녀가 이 세상에 하나밖에 없는 엄마의 손맛을 방긋 웃으면서 가져다준다.

만약 그때 그녀가 죽었다면…… 하고 생각하면 눈물이 난다.

하지만 '괜찮아, 다음 주에도 먹을 수 있는데 뭐.' 하고서 암울한 기분을 지운다.

너무 무서워서 평생 인도 카레 전문 가게는 단골 삼고 싶지 않다.

인도 사람들은 이런 내 심정을 카르마라고 할까?

몇 번이나 생각한다. 내 탓이 아니라고, 절대 아니라고. 그러고는 또 생각한다. 그녀가 남자가 아니어서, 그 가게가 인도 카레 전문이 아니어서 정말 다행이라고. 카레라이스 만세, 이제 인도 카레는 잊겠다.

아니면 인도 사람들은 '아니지, 그녀가 살아서 당신 카르마를 끝내 준 거지.' 하고 말할까. 수수께끼는 평생 수수께끼다.

내 기억에 새겨진 몇 가지 맛은 목숨의 값이다.

'사람은 산 것을 죽여서 먹지 않고는 살아갈 수 없다.' 라는 의미 이상으로 나는 정말 생명을 먹고 있다. 살아남아 먹은 것을 다른 형태로 바꿔 전해야 한다 하고 마음속으로 늘 생각하고 있다.

시모키타자와

역을 품은 빌딩 자체를 나쁘다고는 생각지 않는다.

대형 서점도 있고, 레스토랑도 있고, 수많은 사람이 드나들 수 있으니 편리할 것이다. 개발에 나쁜 면만 있는 것은 아니다.

그러나 지금 모처럼 재미나고, 설레고, 가슴 두근거리고, 번쩍거리지는 않아도 오래 쌓여 온 거리의 분위기와 사는 사람들이 시간을 들여 만들어 낸 무언가는 없어지고 재미도 없어질 게 뻔하다. 역 빌딩을 짓는 의의는 오래된 구획의 보존이 보장된 큰 동네에나 있지 않을까?

대개 역 빌딩의 모회사와 관련 있는 가게밖에 들어오지 않으니 재미있을 리 없다. 그 재미없음이라니. 온 일본 역 앞의 멋진 풍경이 편의점처럼 들어선 가게와 그런대로 맛있고 그런대로 값싸고 어딜 가나 똑같고 언제든 대체될 수 있는 것으로 채워지고 말았다.

시모키타자와가 그런 곳으로 변모하다니 믿을 수 없다.

재개발은 아직 추진 전인데 벌써부터 그렇게 변질되어 가고 있다.

대체될 수 없는 가게들이 점점 줄어들고 있다.

이게 시대의 흐름일까?

그러나 언제든 대체될 수 있는 가게에서 일하는 사람들이 시모키타자와를 '재미있고, 시모키타자와 지점이 아니면 일하고 싶지 않은' 장소로 만들어 가는 것도 중요하다고 생각한다.

나는 원래 서민 동네였던 곳인데 고층 아파트가 즐비하게 들어서면서 개발의 극치를 보인 곳에서 여기로, 시모키타자와로 이사 왔다.

내 고향이 파헤쳐지고 뒤집히는 안타까움을 마지못해 경험한 적이 있다. 그래서 누구도 그런 기분을 느끼길 원치 않는다.

그래도 서민 동네는 관광지가 될 수 있으니까 그나마 나은 부분은 있다.

물론 '관광지 작전'도 폐해는 있지만 상당히 유효하다고 생각한다.

옛날에 우리 집은 문을 잠그지 않았다. 이웃집에 뭘 갖다주러 갔는데 아무도 없으면 대문을 열고 들어가 현관 앞에 두고 왔다. 어느 집에든 앉은뱅이 상에 차 세트가 놓여 있고, 잠시 들어가 수다를 떨 수 있었다. 아이들은 어른들의 눈길이 닿는 골목에서 안전하게 놀았고, 수상한 사람이 동네에 나타나면 누군가는 반드시 알아차렸다.

그런 시대는 이제 돌아오지 않을지도 모른다.

그런데 이렇게 한심한 세상을 만든 존재들은 그렇게 살던 기개 넘치는 사람들을 언젠가 이 세상에서 쫓아낼 수 있다고 생각하는 것일까?

얼마 전 단골 가게에 앉아 있을 때 일이다. 아르바이트를 하는 젊은 여자가 차를 들고 나와서 손님과 잠시 얘기를 나눴다. 손님이 친구인 듯했다.

"여기 아르바이트 어때? 재미있어?"

"응, 그럼. 그런데 두 시간 넘게 눌러 있는 손님을 내쫓지 않아! 다른 손님이 와서 자리가 없는데도 내쫓지 않는다, 굉장하지?"

"와! 가게에서 두 시간 이상 있으면 안 되지 않나? 대개 그런 규정이 있잖아."

그런 게 어딨어! 하고 나는 마음속으로 외쳤다.

"나도 그런 줄 알았는데 여기는 달라. 들어와서 책 읽고 뜨개질하는 손님도 있다니까! 가게인데."

가장 여유롭게 지내야 할 젊은 세대 사람들에게 이런

생각을 심어 준 것은 대체 누구일까?

우리들 어른이 아닐까?

그렇다면 적어도 이 거리에서는 이런 대화가 없기를 바란다.

"우롱차 세트 말고 레몬 스카시만 마시고 싶어요. 그러니까 단품으로 부탁합니다."

그렇게 주문하면 주춤거리는 점원이 있다.

"주방에다 물어볼게요."

그리고 돌아와서

"물어봤는데요, 세트 메뉴는 바꿀 수 없대요. 우롱차 세트 드릴게요."

그다음 테이블에 우롱차와 레몬 스카시가 나란히 놓인다.

"아, 이 우롱차 아까우니까 가져가도 되요."

하면 아주 진지하게 이렇게 말한다.

"세트 메뉴 값을 받을 텐데 그래도 괜찮으세요?"

인간은 로봇이 아니니 매일 마시고 싶은 것도 다르다. 싸면 뭐든지 받아들일 것이라고 생각하면 큰 오산이다. 세상에는 돈을 돌려받고 싶어서 음료를 바꾸겠다고 떼를 부리는 사람만 있는 게 아니다. 인간은 자유다! 세트가 아닌 음료를 마시겠다는 정도는 사소한 자유일지 모르지만 아주 중요한 일이다.

시모키타자와를 그렇게 융통성 없는 로봇들의 거리로 만들고 싶지 않다.

모든 연령층의 사람들이 느긋하게 즐기고 개방감을 만끽하는 거리였으면 한다.

낮은 임대료로 지역 주민에게 가게를 빌려주는 패기에 찬 해결법은 일본의 문화 수준으로는 기대할 수 없다. 우에노에서 바로 그런 일이 벌어졌다. 무수한 사람들이 즐겨 찾았던 포장마차가 제일 먼저 역 앞에서 사라졌다.

물론 시모키타자와역 앞의 시장은 소방법에 크게 저촉되는 문제점이 많은 곳이다. 문제가 없다고 주장하는 사람들은 위에서 한번 보길 바란다. 정말 엉망이니까. 그러나 그렇다고 싹 철거하자는 사고는 너무 과격하지 않나. 도쿄도의 지원하에 외관은 살리면서 관광지로 보존하는 방법도 있지 않을까. 비용이 좀 들더라도, 누군가에게는 불리하더라도. 그 불리함은 어차피 윤리와 미래와 지역에 대한 애정이 아니라 금전에서 비롯될 테니까. 더는 그런 정책에 고개를 조아리고 싶지 않다.

만사 잘 돌아가는 사람들은 관계없는 일일 것이다. 자본이 있고, 풍족한 생활을 누리고, 사교적이고, 지점을 몇 군데나 낼 수 있는 사람들은 '여기가 안 되면 다른 장소를 물색하면 되지.' 할 것이다. 반드시 시모키타자와여야 하는 경우가 아니면 갖가지 다른 길을 모색할 것이다.

어디에 살든 심신이 건강한 사람들은 스스로 길을 개척하는 방법을 알고 있다.

그러나 그런 사람들만 사는 세상이 아니다. 나약하고, 패기 없고, 점차 기울어 가고, 철저하게 행동하지 못하고,

우왕좌왕하며 사는 사람들, 그런 사람들을 비난하는 사회만큼 한심한 것도 없다. 그런 사람들을 때로 경원하면서도 수용하고, 사랑하고, 역할을 주어 어떻게든 사회의 일원으로 살아가게 하는 사회야말로 바람직하지 않을까.

세세하게 파고들면 끝이 없을 정도로 쌍방에 서로 다른 주장이 있고, 위험한 대치가 있고, 어느 쪽에나 좋은 사람도 나쁜 사람도 있을 테니 단적으로 말할 수 없지만 시모키타자와를 재개발하자는 애기는 효율적으로 돈을 벌기 위해 좋은 장소만 노리는 사람들, 그리고 돈과 함께 얼마든지 다른 장소로 옮겨 갈 수 있는 사람들의, 다양성은 있으나 삶이 버거운 사람들, 위험 부담도 큰 사람들은 싹둑 잘라 내면 된다는 세계관에서 비롯된 전형적인 발상이라고 생각한다.

지금 상태에서도 잘 돌아가는 장소를 왜 거기에 사는 사람들의 목소리를 무시하면서까지 바꿔야 하는 것일까.

그렇다면 뭘 할 수 있을까?

아직 철저하게 조사하지 못했으니 재판이나 역 앞 공사에 대해서는 지금 뭐라 언급할 수 없다. 활동하는 사람들의 사기를 올리기 위한 축제와 모금, 또는 세상에 알리기 위한 문화 이벤트는 물론 유효할 것이다.

하지만 이 이상한 시대 상황 속에서 무엇보다 중요한 것은 한 사람 한 사람이 이 거리에 남아 있는 '뭘' 지키고 싶은지를 진지하게 생각하고, 그러기 위해서 다소의 불편함과 귀찮음과 사람과 관계하는 번거로움을 받아들이고, 이 거리의 좋은 점을 남기려고 애쓰는 노력이다.

좋은 생각을 갖고 있지만 시대의 추세에 떠밀려 기울어 가는 가게가 있다면 다소 멀고 돈이 들어서 효율적이지 못하더라도 걸음을 하자. 도지사에게 편지를 쓰자. 참석할 수 있는 사람은 재판정에 가서 반대하자. 관광지가 되어 오히려 불편한 점이 생기더라도 귀중한 건물은 남기려 하자. 다른 동네에서 관광 온 사람들을 친절하게 대하자. 개성 있는 장소는 보존하자. 다른 동네에 보다 좋은 물건이 있더라도 이 거리에 계속 살자. 마음 맞는 친구들을 이곳으로 부르자. 그들이 이곳에 살도록 하자. 각자 어떤 형태로든 이 장소에 대한 애정을 표명하자.

나처럼 표현을 업으로 하는 사람은 사회 활동에 참가하느냐 마느냐로 옥신각신하지 말고 이 장소의 좋은 점을 계속해 표현하자. 반대한다고 목청을 돋우는 것은 물론이요 이곳의 멋진 점을 노래하자.

이 장소를 사랑하는 내가 걷는 한 걸음 한 걸음이, 나누는 인사 하나하나가 반드시 열매를 맺을 것이라고 믿자.

만약 여기 사는 모든 사람이 자기 일로 여기고 이런 일들을 실행한다면 큰 힘이 되겠지만 만에 하나 현실적으로 패한다 해도 뭔가는 반드시 남을 것이다.

그 무언가는 영원히 죽지 않는다.

오키나와 세 편

보이지 않아도 살아 있다

처음 오키나와에 갔다가 하네나 공항에 돌아와, 집으로 오는 차 속에서 울었다. 도쿄의 모든 것이 색감을 잃은 것처럼 보였다. 바다가 보이지 않고, 청명한 빛도 비치지 않고, 사람들은 분주하게 오가고…… 허망해서 견딜 수가 없었다.

나는 오키나와와 사랑에 빠지고 말았다. 관광객이라 시각이 안이할 수밖에 없다는 논리를 뛰어넘어 그냥 좋아하게 되었다.

나는 서민 동네에서 태어나 이웃집과 자기 집의 경계가 없는 지역에서 어린 시절을 보냈다. 어느 집이든 앉은뱅이 상에 잠깐 들른 이웃을 위한 과자가 준비되어 있었다. 그런 내 몸에 새겨진 평범한 사교 생활이 지금의 도쿄에서는 몹시 튄다. 택시 운전사와 잠시 수다를 떨고, 전철을 타면 옆에 앉은 사람과 아무렇지 않게 대화하고, 예쁜 것을 갖고 있는 사람에게는 "와, 멋진데요." 하고 말하고, 곤란에 처한 사람이 보이면 "도와드릴까요?" 하고 말하는 감각을 그대로 지닌 채 오키나와에 갔더니 같은 반응이 돌아왔다. '아, 내가 도쿄에서 외로웠구나.' 하고 생각했다. 도쿄에서 태어나 도쿄에서 자랐는데 나의 도쿄는 이제 어디에도 없다. 그런데 오키나와에는 있었다. 그래서 반갑고 정겨웠던 것이리라.

사랑을 하면 조금이라도 더 오래 같이 있고 싶고, 눈에 콩깍지가 씌어 멋지지 않은 것도 멋지게 보인다.

나는 오키나와에 있는 동안 매 순간이 소중한 구슬 같

다고 느꼈고, 첫사랑의 시간을 만끽했다. 다음에 올 때는 다르겠지, 만나는 사람도 묵는 장소도 모두 다르겠지, 오키나와에 머무는 오늘은 평생에 한 번밖에 없는 하루, 그렇게 생각했다.

집에 돌아와 한동안은 오키나와 효과가 지속되어 하루에도 몇 번이나 오키나와를 떠올리고는 미소 지었다.

내 친구 중에 다른 사람에게는 보이지 않는 것을 보는 사람이 있다. 같이 술을 마시러 갔는데 그녀가 말했다.

"너 머리 뒤에 눈이 데굴데굴하고, 빨갛고 북슬북슬한 게 들러붙어 있네. 그리고 네가 목을 움직일 때마다 같이 움직여서 웃겨 죽겠어."

가게의 오키나와 출신 주인이 그 말을 듣고는 "그거 아무리 생각해도 키지무나인데." 하고 말했다.

나는 키지무나가 뭔지 몰라서 역시 전혀 모르는 그녀가 그 모습을 완벽하게 맞춘 것에 놀랐다. 오키나와에는 그런 정령이 아무렇지 않게 살고 있고, 오키나와를 사랑한 관광객을 따라와 도쿄 관광을 하는구나 싶어 기쁜 한편 서글펐다.

지금도 그 주인은 나를 소개할 때 "키지무나를 데리고 돌아온 사람이야." 하고 조금은 자랑스럽게 말한다.

그런 과거가 있는 덕분인지 나는 인삼 벤자민을 한 번도 말려 죽인 적이 없다. 점점 늘어나 집 안 여기저기에 놓여 있다. 언젠가 그 나무에 키지무나가 보이면 좋겠는데 둔감한 내 눈에는 아무것도 보이지 않는다. 보이지 않지만 이 세상에는 온갖 것들이 산다는 생각으로 기운을 얻는다.

인간은 약하다?

새로 사귄 친구가 오키나와 본도의 서쪽 바다가 바로 눈앞에 보이는 멋진 집에 살았는데, 아마도 스스로 죽음을 선택한 것이리라. 자세한 것은 잘 모르지만 그냥 조용히 놔두는 것도 배려의 하나라고 생각한다. 그렇게 멋진 곳에 멋진 사람과 함께 살았는데 왜? 하는 사람이 있다면 오만이라고 생각한다.

그 사람의 고통은 그 사람밖에 모른다. 그리고 주변 사람들은 아무리 그 사람을 사랑해도 어떻게 할 수 없다. 하물며 병을 앓고 있었다면 살기가 얼마나 힘들었을까.

나 역시 '소설가로 성공했고, 착한 남편이 있고 아이까지 얻었으니 부럽네. 당신은 내 심정을 모를 거야.' 하는 소리를 듣곤 하는데 그럴 때면 바로 그 자리에서 한 마디 날리고 싶어진다.

'사흘이라도 좋으니까 이 생활을 해 보라고!'

그러나 생각만 하지 말하지 않는다. 스스로 선택한 인생이니 떠안고 함께 간다고 각오할 수밖에 없다. 그리고 자신의 인생을 떠안지 않은 채 그렇게 말할 수 있는 태평함을 부럽게 여길 뿐이다.

처음 갔을 때 그 집에는 아직 그녀가 있었다. 그녀의

선한 기운이 도처에 가득했고, 부엌에는 그녀의 세계가 소리 없이 펼쳐져 있었다. 소소하게 파티를 하고, 바다에서 헤엄을 치고, 식사를 하러 나가고, 언제든 와요, 또 만나요! 하고 헤어졌건만 그 다음 찾아갔을 때, 겨우 두 번째였는데 그녀는 이미 없었다.

같이 간 스태프들이 며칠이지만 지내기 편하게 청소를 좀 하자면서 선반을 열었다. 그녀가 살아 있을 때 사들였을 건어물과 유통 기한이 지난 통조림들이 있어 모두 처리했다. 남편이 제 손으로 그 작업을 할 수는 없었겠지 싶었다.

집 한가운데에 남편이 찍은 아내 사진이 걸려 있었다. 그녀는 가장 아름답게 웃는 모습으로 바다를 보고 있었다.

모든 것이 너무 애처로워 나는 거의 울먹였다.

그런데도 그녀의 기운이 아직 남아 있었고, 그녀는 없어도 그 모습은 내 마음에 새겨져 있었다.

살아 있기를 바랐지만, 또 만나고 싶었지만, 이렇게 강한 인상을 남기고 그녀의 목숨이 다한 것이리라, 자기 인생을 마지막 한 순간까지 떠안으려 했으니 그토록 고통스러웠던 것이리라 하고 생각했다.

그 자리에 있던 모든 사람이 그녀를 사랑하고, 또 용서했다.

자기 인생을 스스로 끝낸 친구와 지인이 여럿 있다.

그런가 하면 하루라도 더 살고 싶어 투병을 계속하는 친구와 지인도 여럿 있다. 이쪽의 목숨을 저쪽에 주면 된다? 그렇게 단순하지 않다. 어느 쪽이 좋고 나쁘고의 문제가 아니다. 자기 인생에 대한 책임은 자기밖에 질 수 없으며, 그리고 어떤 사람이든 빈드시 사랑하고 사랑받는 관계의 사람들이 있다. 그런 것이라고 생각한다.

사람의 힘

딱 한 번 오키나와 북부의 얀바루 원시림에서 트레킹

을 했다.

눅눅한 공기 속에 거대한 나무고사리가 무성했다. 각각의 나무가 서로를 보완할 뿐 아니라 생명을 주고받으며 세계를 구성하고 있었다. 햇빛이 닿지 않을 정도로 울창한 숲의 그림자에 농밀한 수프 같은 생명이 충만했다.

언덕을 올라 원래 세계로 돌아가자 아스팔트 도로가 있고 햇살은 지글지글해서 조금 전까지 있었던 어두운 장소가 마치 꿈만 같았다.

출발할 때 동행이 운전하는 차가 거북을 치고 말았다.

거북이 넓은 도로를 가로지르고 있다. 평상시 그런 구역을 지날 때는 매우 신중한 사람인데 피곤하기도 하고 햇빛의 각도 때문에 그만 실수를 한 것이다.

무척이나 생물을 소중히 여기는 데다 오키나와의 자연을 위해 일하는 그 사람은 옆에서 어떻게 해 줄 수 없을 정도로 안타까워하고 낙담했다. 제대로 출발할 수 있을지도 의문이었다.

그런데 모두를 지휘하는 아버지 같은 역할을 하는 사

람이 앞에 나서서 말했다.

"어쩔 수 없었어요. 이제 그만 포기합시다. 이런 일도 있는 겁니다. ○○ 씨는 아무 잘못이 없어요."

말투가 너무도 자연스럽고 올곧아서 모두가 눈이 번쩍 뜨이는 느낌이었다. 그 사람도 마음과 자세를 가다듬었다.

말의 힘 때문만은 아니었고, 말투 때문만도 아니었다. 상황을 온전히 받아들이고 그의 힘이 되고 싶다는 뜻을 온몸으로 표현했기에 모두가 짐을 덜었다.

인생에는 불가피하게 실수를 하는 일도 간혹 있다. 그 실수가 목숨에 관계되는 일도 있고, 평생의 불화를 야기하는 일도 있고, 타인에게 폐가 되는 일도 있다. 가능하면 그런 실수는 없는 편이 좋지만 일단 하고 나면 어쩔 수 없다. 시간은 되돌리지 못한다.

그런 때 누군가가 나서서 다소 짐을 덜어 주는 일이 있다. 만약 그런 사람이 한 명도 없다면 한 번 실수에 모든 일이 엉망이 되고 말았다고 믿는 사람도 생길 것이다. 실제로 그래서 더 심하고 돌이킬 수 없는 사건을 저지르는 사람도 많다.

하지만 몇몇이 작은 힘과 말을 보태 그 사람이 지금까지 해 온 좋은 일을 환기시켜 준다면, 앞으로 하나씩 쌓아서 메워 가자는 분위기를 조성한다면, 사람은 다시 시작할 수 있다.

순간이라도 좋고 가벼운 힘이라도 좋다. 하지만 누군가가 진심으로 그 자리에 함께해 주면 사람은 어떻게든 된다. 사람에게는 사람의 힘이 필요하고, 타인에게 해 준 그런 일이 쌓여 언젠가는 그 사람을 구원한다.

그러니 역시 메일만으로는 부족하고 인터넷만으로도 안 된다. 전해지는 정보가 너무 적으니까. 그때 그가 오직 거북을 친 그를 위해 아주 짧은 순간 온몸으로 표현한 고요한 박력을 떠올리면 늘 그런 생각이 든다.

파란 여자의 파란 우물

발리섬, 냉방이 너무 세서 감기에 걸렸다.

열이 나고 목이 아팠다.

그 오후에는 멀리 가지 않고 방갈로에 딸린 작은 풀 앞에 놓인 긴 의자에서 잠을 잤다. 의자에는 파란 수건이 깔려 있었다.

풀의 파란 물에는 짙은 초록색 야자 잎의 그림자가 어른거렸다.

습도가 높아 나른했다. 꾸물꾸물 자면서 땀을 흘리고는 물을 마시고, 몸이 뜨거워지면 풀에 들어갔다 나오고,

수건을 둘둘 감고 몸이 마를 때까지 누워 있으면 또 잠이 들고, 다시 눈을 뜨면 풀과 하늘을 번갈아 보았다. 일어날 기력조차 없어 온몸이 그 파란색에 물들 것 같았다.

우리 아이와 남자 친구는 내내 풀에서 수영하면서 떠들썩하게 소리를 질러 댔다. 남편은 노트북 앞에 앉아 소리 없이 일하고, 발리섬에 사는 여자 친구는 고양이와 개에게 밥을 주고 오겠다며 집에 갔다.

그녀가 돌아오면 가족 셋과 친구 둘이 해 지는 해변을 산책하자. 목이 마르면 카페에서 맥주를 마시자. 배가 고프면 뭘 먹으러 어디로 갈지 의논하자.

쉬이 만날 수 없는 사람들과 가족과 함께 보내는 여행지의 하루.

저녁이 오기 전 짧고 행복한 쉬는 시간.

그런데 나는 감기에 걸리고 말았다.

우리가 모두 밖에 있는 동안에 청소하는 언니들이 찾아와 실내를 청소했다. 냉방이 들어오는 어두운 실내에서 그녀들은 침대 시트를 벗기고, 바닥을 닦고, 컵을 씻고, 수건을 교체하고, 책상을 닦았다.

신속하게 집중해서 작업하고 있는데 그녀들의 동작은 왠지 조용하고 아름다웠다. 하얀 유니폼의 치맛자락 아래로는 까뭇까뭇하고 가는, 물고기처럼 예쁜 두 다리.

나는 영화 「그린 파파야 향기」에서 주인공이 청소하는 장면을 떠올렸다. 불교 의식처럼 모든 동작이 유려했던 무이.

나는 저렇게 아름다운 모습으로 내 집을 청소할까? 하고 생각하자 서글퍼졌다. 합리적이지 못한 움직임에, 닦는 청소는 귀찮아 생략하고, 선반도 거칠게 쓱 훔치고는 끝내지 않았을까.

청소도, 걷는 것도, 일어나는 것도 모두 명상의 일부처럼 행하면 명상은 필요 없다는 말을 들은 적이 있다. 몸은 사원이니 그 제단에 패스트푸드는 바치지 않는 편이 좋다는 말도.

가능하면 흔들리는 수면처럼 요염하고 매끄럽게, 물이

흐르듯, 바람이 질러가듯 갖가지 동작을 해 보고 싶다고, 손이 야물지 못한 나는 뜨거운 열 속에서 행복한 꿈을 꾸었다.

미코노스의 추억

미코노스섬은 게이들이 즐겨 찾는 관광지, 다시 말해서 세계 규모의 게이 타운 같은 곳이다.

다른 휴양지에서는 가족 난위 관광객에게 눈총을 받는 남자 커플도 미코노스섬에서는 당당하게 바다 수영을 즐길 수 있다. 물론 레즈비언에게는 레즈비언 전용 섬이 따로 있다. 그리스란 나라는 품이 참 넉넉하다.

나는 그 섬에 게이 친구와 함께 놀러 갔다. 평소보다 한결 밝은 표정으로 느긋하게 즐기는 모습을 보면서 그들이 일상 속에서 눈에 보이지 않는 사회적 압박감을 얼마나 크게 느끼는지 조금은 이해할 수 있었다. 그 압박감은 내가 여자라서, 소설가라서, 평범하게 생활하는 사람이 아니라서 느끼는 압박감과 비슷하지 않을까 싶었다.

내 친구 중에는 동성애자가 참 많다. 나는 동성애자가 아닌데 너무 많다.

'평범한 인생의 좋은 점을 기대하지 않는' 점이 일치하기 때문 아닐까 한다.

모두가 설레는 일에는 설레지 않고, 사회에 참가해 일원이 되기도 어렵고, 자손을 남길 수 없는 등(내 경우에 상당히 우회적인 방법으로 이 한 가지는 정복했지만 자식의 봉양을 바라거나 며느리를 들여놓고 집안일을 시키거나 손자를 돌보는 평범한 미래는 절대 기대하지 않는다.) 대부분의 사람들이 '이 정도면 됐지.' 하는 다소 느슨하지만 행복한 비전을 아예 그릴 수 없다.

그렇다면 지금 눈앞에 있는 즐거움에 뛰어들어 스스로를 북돋는 수밖에 없다.

그런 면에서 비슷한 냄새가 날 것이라고 분석한다.

그리고 또 한 가지, 내가 공기의 색이랄까 공간의 감촉에 아주 민감하기 때문이다. 나는 초능력은 전혀 없다. 다만 민감할 뿐이다. 민감함이 관찰력을 뒷받침하고 있어 많은 것을 알 뿐이다.

내가 동성애자에 초능력자였다면 인생이 파란만장해서 재미도 있었겠지만, 만사 어중간하다 보니 이런 직업을 선택하지 않았을까 한다.

여자는 대부분 이성애자인 남자에게 받는 미묘한 눈길을 '주목받아 좋다.'라고 여기겠지만, 나는 민감한 데다 모르는 사람이 나에 대해 어떤 식으로든 생각하는 것을 싫어하기 때문에 대개 무거운 느낌을 받는다. 여자라면 누구든 경험이 있겠지만 싫어하는 남자가 좋다고 다가올 때의 무거움, 그 무거움을 천 배 정도 희석한 것을 느낀다. 신경 쓰지 않고, 이제 익숙하고, 나이도 들고, 편해지기는 했지만 없어진 것은 아니다. 대처법을 알았을 뿐이다.

그런 느낌이 전혀 없는데도, 남자 동성애자들은 힘이 세고, 의지가 되고, 어느 모로 보나 남자이고, 또 내가 여자인데도 그들에게 겁탈당할 일이 없다는 편함이 나를 풀어지게 하는 것이리라.

비행기 연착으로 미코노스에 밤이 깊어 도착했다. 캄캄한 산길을 올라 호텔 안의 어두운 레스토랑에 들어갔다. 너무 어두워 뭘 먹고 있는지도 모를 정도였지만 요리도 와인도 정말 맛있었고 서비스도 완벽했다. 그렇게 늦은 시간이었는데도 종업원들은 불평 한마디 없이 마음을 다해 우리를 대접해 주었다. 그리스 사람들은 기본적으로 일을 좋아하고 부끄럼을 많이 타고 친절하고 성실하다는 것을 알았다. 그러나 창밖은 캄캄한 어둠, 경치가 어떤지 전혀 알 수 없었다. 지금 어떤 곳에 있는지 궁금했지만 너무 지쳐서 방으로 돌아가 침대에 쓰러졌다.

내 방 바로 밖이 종업원들의 휴게실 같은 곳이어서 일을 끝냈거나 야근하는 젊은이들이 계단에 앉아 밤바람을 맞으며 맥주를 마시고 담배를 피우며 얘기를 나눴다. 여느 때 같으면 '시끄럽다.'라고 생각했을 텐데 그들이 애기하고 있을 만국 공통의 건전한 불평, 앞날에 대한 불안과 일의 즐거움 등 젊음이 지닌 특유의 분위기에 오히려 몸이 풀어졌다. 음악처럼 들려오는 이국의 말을 들으면서 나는 기분 좋게 잠들었다.

아침에 일어나, 깜짝 놀랐다.

분홍색 이파리와 하얀 꽃이 빽빽이 달린 부겐빌레아 넝쿨이 창문과 발코니에 엉켜 있고, 그 너머에는 코발트 블루색 바다밖에 보이지 않았다.

레스토랑에서 캄캄하게 보이던 곳 전부가 바다였다.

호텔은 경사가 심한 산길 중턱에 있었다. 바다색 때문에 건물의 하얀색이 더욱 부각되고 햇빛은 짙은 그림자를 만들었다. 그런데 부드러운 바람이 불어 후덥지근하지 않다. 정말 좋은 곳이네 하고 생각했다.

미코노스의 거리는 베네치아처럼 복잡한 미로였다. 차가 들어가지 못하는 점도 비슷하다. 해변의 미로에는 카페와 레스토랑이 줄지어 있고, 그 안쪽 미로에는 기념품 가게와 옷가게가 즐비하다. 몇백 채나 되는 조그만 가게들이 장난감처럼 빽빽하게 들어서 있다. 클럽도 있고, 바도 있고, 밤중에 식사를 할 수 있는 곳도 있다.

이러니 가족끼리 다니는 사람들이 적을 수밖에, 하고 생각하면서도 나는 내 아이의 손을 꼭 잡고 걸었다. 게이 커플과 우리 가족 셋, 내 일과 관련한 남자 친구. 베이비시터 겸 어시스턴트 둘. 참 묘한 구성원들이 화기애애하게 밤 깊은 미코노스를 탐험했다.

물욕과 탐험욕과 식욕…… 갖가지 욕구를 채운 다음 지칠 대로 지쳐서 호텔로 돌아와서도 바에서 또 한잔하고 방으로 올라와 샤워를 하고 잠들었다. 그리고 아침 늦게 일어나 아침을 먹는 자리에서 여유롭게 모인다. 화창한 날씨가 날마다 약속되어 있고 온 세상이 반짝거린다. 지중해가 언제나 눈앞에 한없이 펼쳐진다. 아침을 먹으면 해변에 나가 낮잠을 잔다. 덥다 싶으면 바다로 뛰어든다. 뇌 속까지 서늘해지는 시원한 바닷물에 잠기면 온몸이 기뻐하는 듯해서 정말 상쾌하다. 그리고 또 몸이 마를 때까지 누워 뒹굴거리며 햇볕을 쪼인다. 해변에서 가볍게 점심을 먹는다. 신선한 생선과 그리스 맥주, 해변 레스토랑의 빠릿빠릿한 종업원들. 사방이 수영복 차림으로 미소 짓는 게이 커플로 가득하다. 태양이 기울어 저녁때가 되면 섬 전체가 금색과 오렌지색에 감싸인다. 더워서 찡그렸던 사람들 얼굴이 조금씩 풀어진다. 긴 밤이 시작되는 설레는 느낌, 지는 해를 보러 차를 타고 거리로 나선다. 해변의 바에 도착해 전 세계에서 몰려온 사람들과 같은 방향으로 앉아 식전주를 마시면서 태양이 바다로 떨어지는 광경을 바라본다. 그리고 오늘 밤도 미코노스 타운 산책이 시작된다. 저녁은 신선한 생선과 화이트 와인이다.

꿈만 같고, 언제까지나 계속되었으면 싶은 그런 생활이었다.

남편이 메일을 확인하기 위해 나갔던 그 밤, 나는 호텔 침대에 드러누워 꾸벅꾸벅 졸면서 '진짜 좋은 곳이네, 나처럼 칠렐레팔렐레한 인간에게는 낙원 같은 곳이야.' 하고 생각했다. 오늘 밤도 종업원들은 한밤의 수다를 즐기고,

샤워를 하고 나온 내 몸에서는 그리스 비누의 좋은 냄새가 났다.

어린 시절에는 여권을 만든다는 상상조차 한 적이 없고, 국내 여행으로 비행기를 탔을 때도 '이런 체험은 좀처럼 할 수 없겠지.' 하고 생각했고, 아이를 낳을 줄은 꿈에도 몰랐고, 그렇게 우수한 남자 친구들이 일을 도와줄 줄은 상상도 못 했고, 이렇게 귀여운 스태프들이 내 옆에 있게 될 줄은 생각도 못 했고, 게이 친구가 생길 줄도 몰랐다. 인생이란 참 풍요로운 것이다.

문득 옆을 보니 아이가 침대에서 하얀 풍선을 갖고 방방 뛰며 놀고 있었다.

노을을 보러 갔던 해변의 카페에서 받은 풍선이었다. 우리 아이는 춤을 선보여 스태프들의 귀여움을 독차지하더니 처음 간 카페에서도 종업원들의 환호를 받았다. 종업원들은 풍선을 가지고 웃는 얼굴로 아이와 놀아 주고는 마지막에 그 풍선을 아이에게 주었다. 그렇게 여유로운 기쁨, 지금의 빡빡한 일본에서는 거의 불가능하다.

"풍선 받아서 좋겠네."

하고 나는 아이에게 말했다.

"응. 그런데 Y는 왜 안 왔어? 왜 여기 없는 거야? 바다에 올 때는 늘 같이 왔는데."

사실은 같이 왔을 내 친구, 지난 10년 동안 여름휴가를 언제나 함께 보냈던 그녀는 작년에 머리에 병이 생겨 아직 투병 중이다. 미코노스에서 꿈같은 휴가를 보내는 가운데 늘 눈앞의 행복으로 충만한 나는 그녀의 부재를 심각하게 생각지 않으려 했다. 하지만 그때 불쑥, 그렇구나, 뭔가가 없다 했는데 그녀 모습이었구나 하고 생각했다.

"Y는 지금 병 때문에 병원에 있어. 하지만 돌아가면 다 나아서 만날 수 있을 거야. 그리고 내년에는 같이 여기 올 거니까 괜찮아."

"그럼 달님과 해님에게 빌어야지! Y가 좋아지기를, Y를 빨리 낫게 해 주세요!"

그렇게 말하더니 아이는 두 손을 모으고서 눈을 꼭 감았다.

나는 눈물이 쏟아졌다.

"왜 엄마가 울어, 왜 그래? 그만 울어!"

아이가 내 등을 톡톡 치면서 위로해 주었다.

카프리의 추억

나는 영어를 거의 못 하고, 이탈리아어는 한두 마디. 남편은 영어를 할 줄 알지만 직업상 전문 분야는 근육과 몸의 각 부위. 아이는 국제 학교에 다니기 때문에 발음 하나는 좋다. 그런 어중간한 셋이 카프리항에서 마중 나온 카프리상 사무국의 안젤리니 부부를 만나 그럭저럭 호텔에 도착해 같이 식사까지 했으니 그 여행이 얼마나 좌충우돌이었을지 알 만하다.

물론 나중에 이탈리아 친구가 왔고, 통역도 붙었고, 에이전시에서도 사람이 나왔다. 그러니 수상식 자체는 별

무리가 없었다.

　그런데 이 여행에서는 일정상 우리 가족 셋만 있는 날이 사흘 정도 되었다. 당시에는 현기증이 날 만큼 힘들었는데 지금 돌이켜 보니 가장 재미나고 좋은 추억이다.

　사무국의 안젤리니 씨는 뉴욕에 사는 사람이다. 그 덕분인지 이탈리아 상을 받을 때의 '일정한 형식도 없고 대충대충이니까 어떻게든 끝내면 된다.' 하는 인상은 없었다. 반듯한 형식과 절차가 기획되어 있었고, 예술을 사랑하는 마음이 알알이 전해졌다. 부인인 올가 씨는 젊었을 때 상당히 미인이었겠다 싶은 아주 우아한 사람으로 언제나 아름다운 얘기를 속삭이듯 해 주었다. 우리가 곤란에 처했거나 아이가 잠들었거나 사실은 돌아가고 싶을 때면 살며시 다가와 도와주었다.

　문학과 예술을 사랑하는 그런 사람들이 굳건한 토대를 이루고 있기에 이렇듯 작지만 매력적인 상이 존속할 수 있는 것이리라. 상금을 1엔이라도 더 주기보다는 호텔비와 식사비를 부담하고 카프리의 풍광을 즐기도록 하자는 시도도 아주 품격 있다고 생각했다.

스폰서의 한 사람이지 싶은 부호 도로테아 부인은 여든 살 남짓한 이탈리아와 일본의 혼혈로, 늘 박력 있고 의연한 모습으로 우리 가족에게 유럽 상류 계층의 생활을 엿보여 주었다. 어마어마한 사업가였던 아버지의 뒤를 이어 혼자 몸으로 꾸려 온 그 인생은 얼핏 듣기만 해도 상상을 초월했다. 그녀를 보고 있으려니 마치 대하드라마를 보는 듯한 기분이 들었다.

만약 내가 '상류 계층 지향'이었다면 파티에 참석한 번쩍거리는 사람들 — 전 세계를 활보하는 사업계의 거물들 — 과 조금이라도 가까워지려고 의상도 갖추고 영어도 미리 공부하는 등 수월치 않았을 것이다. 하지만 조금도 관심이 없어서 찬찬히 관찰할 수 있었다. 부호들의 힘겨움과 감미로움과 복잡한 인생을.

흔히들 말하지만 가장 중요한 것은 외양이나 옷차림이 아니라 구두와 핸드백이다. 그것이 고급 제품이며 한눈에 알 수 있는 브랜드인가, TPO에 걸맞은가를 호텔맨과 서비스하는 사람들은, 그리고 부자들은 바로 식별한다.

그러니 과감하게 한번 빗나가고 나면 그 후로는 아예 상대를 해 주지 않아 오히려 마음 편하다.

내가 작가라고 해서 상대도 편하게 이런저런 말을 한다. 모두 그들 사이에서는 얘기할 수 없는 속내다.

이런 계층과 장소와 친근하게 지내면서 그런 얘기를 쓰고 싶어 견디다 못해 썼다가 호된 꼴을 당한 커포티의 심정을 대충 입고 사교계를 드나드는 나로서는 충분히 이해한다.

이탈리아 친구들과 나의 유럽 에이전시 사람은 쉽게 만날 수 없기 때문에 카프리에서 지내는 뜻밖의 휴일이 수상 이상으로 큰 선물이었다. 그 사람들과 카프리에 온 적은 있어도 늘 당일치기였기 때문이다.

카프리의 저녁은 파티가 시작되는 시간, 늘 어딘가에서 어떤 파티가 열린다. 저녁때가 되면 휘황하게 꾸민 사람들이 거리로 줄줄이 나온다. 그 광경을 보는 것만도 재미있었다.

이번에는 처음으로 다 같이 묵으면서 수상식에서 참석하고 카프리에서 가장 좋아하는 장소 아나카프리의 악셀 문테의 저택을 산책하기도 했다. 악셀 문테는 카프리에 멋진 집을 짓고 조용히 일생을 보냈다. 그가 봤던 경치를 보면서 나는 든든한 동료가 있는 듯한 묘한 기분이 들었다. 지금까지 몇 번이나 갔지만 내 아이를 데리고 찾을 날이 올 줄은 꿈에도 몰랐기에 높은 곳에 있는 그 저택에서 먼 바다를 함께 바라보자니 가슴이 벅찼다. 아이는 내가 사랑하는 사람들과 손잡고 신나 하면서 가장 전망이 좋은 곳에 있는 유명한 스핑크스의 엉덩이를 쓰다듬었다.

수상식은 호텔 옥상에서 해 질 녘에 시작되었다. 산과 바다와 아담한 경치에 에워싸여 스파클링 와인을 마시면서. 친근감이 느껴지는 좋은 수상식이었다.

수상 인사를 할 때 사랑하는 사람들이 제일 앞자리에서 싱글거리는 모습은 제아무리 큰 트로피와도, 돈과도 바꿀 수 없는 멋진 풍경이었다.

그럼에도 가장 기억에 남은 것은 앞에도 썼지만 가족과 몇 번이나 카프리의 거리를 산책했던 것이다.

호텔 옆에 유명한 젤라토 가게가 있다. 가게 앞에서 콘을 한 장 한 장 손으로 굽고 있다. 남편과 꼬맹이는 거의 매일 가게 앞에 줄서서 어떤 아이스크림을 먹을까 의논하곤 했다. 부자들의 별장이 많은 카프리의 물가는 정말 비싸다. 사소한 쇼핑을 하자 해도 몇만 엔 단위다. 그래서 쇼윈도를 들여다보면서 슬렁슬렁 걷기만 했다. 광장도 바로 갈 수 있고, 항구에 가도 배를 타지 않는 한 할 일이 없어 호텔 주변을 어슬렁거리는 게 최고였다.

손짓 발짓으로 값을 깎아 작은 배를 타고 섬을 일주하고는 뱃멀미를 하며 돌아왔던 일. 그런데도 압도적이었던 깎아지른 절벽과 바다의 아름다운 풍광.

햇볕이 쨍쨍한 거리를 걷다가 꼬맹이가 코피가 터졌는데 고급 레스토랑의 여주인이 친절하게도 데크에 눕게 해 주었던 일. 그때 누워 우는 여덟 살짜리 꼬맹이가 갓난아기처럼 보였던 일.

호텔의 길쭉한 방에서 셋이 석양을 바라보았던 일, 카프리 거리 한가운데 있는 고급 호텔에서 열린 리셉션, 레스토랑의 아저씨들과 농담까지 섞어 가며 부담 없는 대화를 나눌 만큼 사이가 좋아졌던 일.

상을 받는다는 건 물론 멋진 일이다. 인정받은 것일 수도 있고, 내 소설이 이탈리아 사람들 사이에 침투했다는 것도 확인할 수 있다. 하지만 무엇보다 가장 멋진 것은 그런 자잘한 개인적인 추억이다. 그것은 내가 카프리에 가기로 결정하고 티켓을 사고 호텔을 정할 때는 절대 느끼지 못하는 무엇이다.

엄마가 사회적으로 일하는 모습, 그런 엄마를 축하하고 도와주는 아빠의 모습, 그리고 일을 끝내고 가족으로 돌아와 편하게 늘어진 한 인간으로서의 엄마와 아빠의 모습…… 모두를 아이에게 보일 수 있다. 멋진 경치와 여러 나라의 다양한 사람들의 모습과 함께 아이 마음에 추억이 남는다.

그 추억을 선물받은 게 가장 기쁘다.

분홍

옛날에 취재 때문에 플로팅 탱크에 들어간 적이 있다.

그 기계는 힘을 완전히 풀고 물에 떠 있을 수 있도록 염분 농도가 짙은 액체가 담긴 뚜껑 있는 풀 같은 것이다. 뚜껑을 닫으면 그냥 어둠이다. 자궁과 유사한 조건을 충족해 명상에 잠기는 상태를 목적으로 제작된 기계로, 진화에 관해 실험하는 영화에도 등장했다. 나는 영화의 원작을 읽고 관심이 생겨 그 신기한 기계에 한번 들어가 보고 싶었다. 호기심, 이유는 그게 전부였다.

둥그런 기계는 정말 평범한 아파트의 좁은 욕실에 죽

놓여 있었다. 옆에 있는 작은 탈의실에서 옷을 벗으며 나는 왠지 적막하고 후회스러운 기분이었다. 이제 들어갈 조그만 기계가 조금도 좋아 보이지 않고 허술한 느낌이었다. 어차피 아무 일도 없겠지 하고 생각했다.

드디어 탱크에 들어가 미끈거리는 짙은 소금물에 몸을 담갔다. 밖에서 사람이 뚜껑을 꽉 닫았다.

눈앞이 캄캄해지고 몸이 미지근한 물에 둥실 떴다. 바다에서 흔히 그러듯 위를 보고 물에 누운 셈인데 바닷물은 염분이 좀 더 적기 때문에 뜨려면 다소 요령이 필요하다. 바닷물에 익숙한 탓에 사해의 물 같은 액체 속에 있자니 목에 미묘하게 힘이 주어진다. 온몸에서 힘을 빼는 일은 생각보다 어려운 듯하다. 조금이라도 움직이면 몸이 탱크 벽에 부딪쳐 균형이 무너진다. 목에서 힘을 뺀 채 떠 있기까지 시간이 꽤 오래 걸렸다.

그리고 어느 정도 시간이 흘렀는지 애매해졌을 무렵 불가사의한 일이 벌어졌다. 눈을 감자 시야가 보얗고 밝은 분홍색으로 변한 것이다. 게다가 그 분홍색이 점차 밝아졌다.

해변에서 보는 저녁 해 같은 색감이었다. 분홍과 빨강과 아름다운 빛이 농밀하게 섞여 있는 듯한, 한없이 이어지는 아득한 하늘 같은 색이었다. 그리고 좁은 탱크 안이 아주 넓게 느껴졌다. 갑자기 바닷속으로 순간 이동한 듯한 감각이었다.

그런데 또 눈을 뜨면 캄캄하고 까맣고 좁은 탱크 안이라는 것을 알 수 있다.

눈을 감는 순간 또 세계는 분홍색으로 변한다. 장밋빛과 엷은 빨강과 오렌지를 섞어 놓은 듯한, 오로라처럼 천천히 흔들리면서 빛나는 듯한 뭐라 형용할 수 없이 아름다운 색이었다.

그 반복은 나를 신비로운 평온함으로 인도했다.

마침내 시간이 다 되어 밖에서 사람이 뚜껑을 열었다. 나는 샤워를 하고 아직 소금기가 남아 있는 귀 안을 수건으로 닦으면서 말했다.

"거의 마지막에는 탱크 안이 무척 넓고 바다에 떠서 지는 해를 보는 것처럼 분홍색이 보였어요. 저녁 하늘에서 빛나는 첫 별까지 보이는 듯한 그런 기분이었어요."

뚜껑을 연 사람이 대답했다.

"아, 그렇게 말씀하시는 분이 정말 많습니다."

나는 그렇구나 하고 생각했다.

기억 깊은 곳의 희미한 아픔에서 떠오르는 힘 덕분에 우리는 자궁 속에 있을 때의 색을 다시 한번 떠올리고 보게 되는 것이리라. 어머니의 몸속에서 태아의 가는 눈에는 빨강과 회색 벽의 세계가 밖에서 비치는 빛 때문에 갖가지 색으로 보였으리라. 분홍색도 보였으리라. 그 기억을 어떻게든 해석하려고 지금까지 내 눈으로 본 경치 중에서 가장 가까운 해 질 녘의 해변 풍경으로 번역한 것이리라.

예전에 그렇게 떠 있던 곳은 자궁 속이 마지막이었을 테니까.

인간은 언제든 고향을 기억한다. 몸이 제멋대로 기억해서 아무리 시간이 흘렀어도 비슷한 조건만 갖춰지면 불러낼 수 있다. 그렇게나 자유로운 생물이다.

갓난아기에게 분홍색 옷을 입히면 투명한 피부가 분홍색에 반사되어 예쁜 분홍색 덩어리처럼 된다. 타오르는 듯한 빨강보다 살아 있고, 힘을 비축해 가고, 빛나고, 부드럽고 아름다운 생명의 요동…… 그것은 장미 꽃잎에 빛이 닿을 때처럼 정말 존재한다고 여겨지지 않을 만큼 엷고, 빛의 각도 덕에 겨우 눈에 보이는 것처럼 여겨지는 다양한 변주를 지닌 분홍색으로 표현된다.

해변의 하얀 모래 속에 갓난아기의 손톱과 똑같은 색의 분홍색 조개껍데기가 있으면 마치 보물을 찾은 것 같다. 해가 떨어지는 바닷가에서 시시각각 변하는 하늘을 보면서 분홍색 조개껍데기를 주우면 갖가지 분홍색이 눈앞에 어른거려 현기증이 날 때가 있다. 해변에 있는 사람들의 얼굴도 모두 선명하게 그 색으로 빛난다. 왜 그런 광경을 보고 있으면 무언가가 떠오를 것 같을까? 왜 신성한 느낌이 들까? 모두가 갓 태어난 것처럼 보이기 때문일까? 이 세상에 태어나기 전 언젠가 보았던 색이기 때문일까?

전에 배를 타고 나일강을 내려갔을 때, 물의 속도로 이동하니 마치 시간 여행을 하는 느낌이었다.

강폭이 때로 넓어졌다 좁아졌다 하면서 서로 다른 경치를 보여 주었다. 같은 장소를 지나는 경우는 한 번도 없다. 비슷하지만 매번 다른 것이 나타난다.

동쪽에서 떠오른 태양이 번쩍번쩍 참을 수 없이 눈부시게 우리를 비추다 서서히 힘을 잃는 대신 금빛을 띠고 점차 색채가 엷어지다가 서쪽으로 크게 기울어 간다.

사실은 오직 그 반복만이 매일이다.

그렇게 단순한 것을 왜 잊었을까. 배에서는 의외로 할 일이 없어 그저 경치만 바라볼 뿐, 태양의 움직임을 볼 뿐. 그런데도 두 번 다시 같은 날은 오지 않는다. 그렇다는 것조차 잊고 있었다.

사실 인간은 매일 조금씩 바뀌어 가는 삼라만상의 모습을 확인하는 것밖에는 하지 못한다. 그렇게 환경은 자유롭지 못했지만 바람을 맞으며 지나가는 하루를 보는 나는 누구보다 자유로웠다.

배가 다리 밑을 지나자 다리 위에서 마을 사람들이 알

록달록한 예쁜 천을 펼치고 깃발처럼 흔들었다. 마음에 드는 천이 있어 손가락으로 가리키면 그 천을 배 위로 떨어뜨린다. 돈은 그들이 떨어뜨린 주머니에 넣어 힘껏 위로 던진다. 짧은 시간의 이 얼마나 우아한 쇼핑인지. 다리 위와 흘러가는 배를 신뢰가 잇고 있다.

나는 사지 않았지만 같은 배에 탄 손님들이 그렇게 사는 광경을 간간이 보았다. 다리에 서서 이쪽을 향해 몸을 쭉 내밀고 선명한 빨강과 노랑 천을 펄럭거리는 누비아 사람들의 까만 피부가 파란 하늘을 배경으로 더없이 아름답게 빛났다.

해가 기울면 새들은 둥지로 돌아간다. 어떤 새는 울면서, 어떤 새는 대열을 지어. 밤이 오기 전의 하늘이 한결 높아지고 넓어진 듯한 기분이 들었다. 마치 거대한 분홍색 돔에 둘러싸인 듯한 풍경이었다. 건물은 없고 조그만 마을이 있을 뿐. 시야는 한없이 넓게 트여 있고 저 먼 산으로 둥그런 태양이 기우뚱 천천히 기울어 간다. 강가에 선 누비아 사람들은 방글방글 웃으며 배를 향해 손을 흔

여행 아닌 여행기

들었다. 그 사람들의 얼굴도, 배의 모든 것도 고루 엷은 빛에 싸여 있다.

그리고 내일도 태양은 반드시 떠오른다. 약속도 하지 않았는데 동쪽에서 떠오른다. 얼마나 고마운지 모르겠다. 얼마나 위대한 규칙인지 모르겠다.

마차를 타고 하늘을 달리는 아폴론의 모습을 그린 사람들의 마음이 이해가 간다. 그들은 태양이 이렇게 넓고 아무것도 없는 천공의 반원 속을 가로지르는 광경을 매일 보았으리라.

끝없이 이어지는 분홍색 빛에 잠겨 나는 생각했다. 지구는 우리의 자궁이라고.

태아는 숨도 쉬지 못하고 스스로는 영양도 섭취할 수 없다. 눈을 뜨지 못한 채 좁은 공간에 갇혀 있지만 머릿속에서는 한없는 시간이 펼쳐진다. 움직이지 못해도 물에 살던 시절부터 시작된 인류 진화의 역사가 전부 새겨진 그 몸은 앞으로 맞게 될 긴 인생과 이제 곧 만날 엄마와 자신이 인간으로 태어나 이뤄 갈 큰 꿈을 가득 품고 있다.

그와 마찬가지로 우리는 대지와 수명에 얽매여 자유롭지 못한 것처럼 느끼지만 위대하고 아름다운 약속 속에서 진정한 자유를 만끽하고 있다.

2

무엇에도 자기를 넘겨주지 않고
누구에게도 굽실거리지 않고
반드시 자기 눈으로 판단한다.
나도 그러고 싶고, 그렇게 하려고 한다.

내가 어릴 때

시카이

　지금은 결혼해서 성이 달라졌지만 당시에는 사카이였다.

　사카이와 나는 늘 함께였다. 인생에서 가장 힘들었을 때 서로에게 매달려 같이 허우적거리고, 같이 가라앉고, 떠오르지 못해 거의 죽어 갔다. 그럼에도 혼자가 아니어서 같이 울고 웃을 수 있었다.

　내가 울면 사카이는 언제나 달려와 주었다. 죽이 담긴

냄비를 들고 밤길을 달려와 주었다.

지금은 이미 없는 사카이의 방은 너무 좁고, 기울었고, 붙박이 2층 침대가 있고, 알루미늄 전기 포트가 있고, 창밖에는 공동 베란다가 있고, 정말 허접했다. 그곳에서 나와 사카이는 과자를 먹고, 낮잠을 자고, 숙제를 하고, 수다를 떨면서 일곱 살에서 열여덟 살 즈음까지 매일을 함께 지냈다.

나란히 앉아 팬티를 거의 드러내다시피 하고서 텔레비전을 봤던 기억, 평생 잊지 못한다.

누군가에게 그렇게나 마음을 허락하고 지낼 수 있었다니 지금도 믿기지 않는다. 사카이는 언제나 의아하리만큼 좋은 사람이었다. 누군가를 그렇듯 완벽하게 수용한 경험이 있다는 것은 자기 자신도 수용할 수 있다는 뜻이다.

사카이가 언제 어디서나 늘 좋은 사람이어서 복잡하고 짜증 나는 사람이었던 나는 정말 위로가 되었다.

얼마 전에 우리 둘이 당시부터 존경하고 사랑했던 하기

오 모토 선생님을 우연히 뵙게 되었다. 하기오 선생님에게 소개했더니 사카이는 사카이답게 공손하게 인사하고는 눈물을 머금었다. 나도 눈물이 나올 것 같았다. 사카이가 내게 베풀어 준 것을 다 갚지는 못했지만 아아, 잘 했네, 이런 기회가 생겨서 정말 다행이네 하고 내 안에서 무언가가 안도하는 느낌을 받았다. 그 정도로 사카이의 은혜가 크다. 지금은 자주 만나지 못하지만 사카이 역시 똑같이 생각하고 있다는 걸 알 수 있었다. 그런 친구가 있어 정말 축복이라고 생각한다.

준

준은 내게 창조성이 무엇인지를 가르쳐 준 사람이다. 그녀는 언제 어디서나 반짝거리는 멋진 상상을 했다. 인생이 힘겨울 때도 있었기에 그런 힘이 생겨났을 것이란 생각은 훗날에야 할 수 있었다.

준은 어릴 때 부모가 화를 내며 창고에 가두면 울기는커녕 제 발로 창문을 넘어 탈출해 거실에 가서는 태연하게 텔레비전을 봤다고 한다.

자기가 반듯하게 확립되어 있으면 어디에 있든 자기는 자기라는 것을 가르쳐 준 것도 그녀였다.

어른이 되어 취직한 그녀가 센다이로 전근할지 모른다고 해서 나는 "힘들겠네." 하고 말했다. 준은 "왜? 새로운 장소, 얼마나 기대가 큰데." 하고 대답했다. "남자 친구와 헤어지게 되는데?" 하자 "죽는 것도 아닌데 뭐." 했다.

같이 사는 사촌이 파티 삼매경에 빠져서 매일 친구들을 불러들여도 전혀 개의치 않고 잠을 자는 것도 대단했다. 나 같으면 겨우 사흘 버티다 미쳐 버릴 만큼이나 시끄러웠는데.

요 얼마 전에도 엄마들이 모여 앉은 자리에서 아이가 젖을 떼서 허전하다고 했더니 아이를 셋이나 키운 그녀는 "허전하기는 뭐가." 하고 정말 어이없다는 표정으로 말했다. 그러고 보니 옛날에 첫아이를 낳은 준에게 "많이 아팠어?" 하고 물었더니 "아우, 아프네, 이 정도면 못 참겠는데 하는 참에 나왔어." 하고 담담하게 말했다. 그리고 시어머니가 지방에서 올라와 계속 집에 있어 주었는데 뭐라는지 사투리를 하나도 알아들을 수가 없어서 오히려 마음이 편했다는 말도 했다.

모두가 그녀 같다면 이 세상의 고뇌는 절반으로 줄지 않을까.

나는 그렇게 쿨한 준을 늘 짝사랑해 왔다.

초등학교 4학년 때의 어느 오후, 집에 사람이 없어 열쇠를 갖고 다니는 준의 집에서 아이는 먹으면 안 되는 아이스커피에 얼음을 잔뜩 넣어 벌컥벌컥 마시면서 오는 길에 산 만화를 읽었다. 창밖을 보니 날은 화창하고, 우연히 첫사랑의 집이 보이고, 옆에서는 준이 느긋하게 텔레비전을 보고 있었다. 그때 '행복의 전부가 여기 있네.' 하고 생각했던 일을 잊지 못한다. 그 순간 나는 인생에서 소중한 것을 안 듯하다.

교장 선생님

초등학교 때 선생님은 모두 좋았다. 기본적으로 모두 개성이 있고 재미났다. 우리는 여유로웠고, 선생님도 집으로 우리를 부르기도 하고 문제가 생겨도 '뭐 어때.' 하고 용서하는 너그러움이 있었다. 나는 시험지에 내가 지은 펜네임을 쓰기도 했는데 별 이상 없이 채점되어 돌아왔다. 생각해 보면 참 대단한 시절이다.

그런데도 나는 '어른에게는 이 정도 하면 되지.' 하는 건방진 생각을 지닌 아이였다.

당시 교장 선생님은 세키 도지로라는 사람이었다.

우리 반에 가와세라고 「도라에몽」의 자이안 같은 아이가 있었는데 아이들이 좀 무서워했다. 교장 선생님이 어느 날 조회에서 "가와세 군은 선생님을 보면 멀리서도 안녕하세요, 안녕히 가세요 하고 인사를 합니다. 참 훌륭해요." 하고 말했다. 아닌 게 아니라 가와세는 언제나 딱 부러지고 비겁하지 않았다. 그런 면을 평가한 교장 선생님의 말이 지금도 가와세의 인생을 뒷받침하고 있지 않을까 한다. 선생님이 해야 할 일은 원래 그런 것이 아닐까.

졸업하기 전 교장 선생님이 6학년생을 몇 명씩 교장실로 불러 같이 급식을 먹었다. 멋진 기획이었다.

내 차례가 되어 교장실에서 점심을 먹는데 선생님이 장차 뭐가 되고 싶으냐고 물었다. 어른에게는 작가가 되고 싶다는 걸 아직 알리고 싶지 않아 대충 적당히 대답했다. 그러자 교장 선생님은 내 속을 꿰뚫었는지 "그 일이 뭘 하는 것인지 자세히 알고 있나요? 가령 이런 경우에는?" 하는 식으로 캐고 들었다. 나는 졌다 하고 생각했다. 이렇게 대단한 어른도 있구나 싶어 부끄러웠다. 그때 일은 지금도 소중히 여기고 있다.

언제나

어린 시절 친구들은 정말 다 좋았다.

유치원부터 죽 함께한 몇 명을 중심으로 느슨한 네트워크가 있고, 각자가 그 밖의 네트워크에도 느슨하게 연결되어 있어 온갖 인간관계를 경험할 수 있었다.

옆을 보면 언제나 그 가운데 누군가가 드러누워 있거나 서 있고, 걷고 있었다. 약속한 것도 아니고 구속도 없다. 다만 친구 중 누군가가 늘 옆에 있었다. 누가 괴롭힘을 당해도 누구 하나 나서서 돕지 않고 누구에게 슬픈 일이 있어도 딱히 위로하지 않는다. 심할 때는 놀리며 웃기도 한다. 하지만 알게 모르게 옆에 있었다. 있어 준다는 의식조차 없었다. 옆에서 얘기를 들어 주거나, 듣지 않고 잡지를 들춰 보거나, 듣다가 잠이 들기도 했다. 내가 슬플 때는 '아, 진짜.' 하고 생각하면서 누군가가 위로해 줬으면 싶지만 누가 슬퍼하면 기운 내라는 말을 하는 대신 혼자서 라면을 먹곤 했다. 하지만 어쩌면 그런 상태가 가장 바람직하지 않을까. 그냥 옆에 있어 주는 것. 누군가가 있다는 것. 몇몇 친구 중에 누군가는 매일 만날 수 있다는 것. 만나면 마음을 연다는 의식조차 없이 전부 드러내는 것.

어른이 되어, 고민거리가 있으면 일일이 사람을 불러내 털어놓거나 심각한 목소리로 전화를 거는 사람들을 좀 이해할 수 없었다. 실은 지금도 그렇다. 정말 서로를 이해하고 신뢰할 수 있는 사람이 거기에 가면 반드시 있는 것, 그게 가장 편하다.

가족

아버지와 어머니와 언니와 언제든 함께였다.

한집 안에서 답답해 숨이 막힐 듯하든, 싸움을 하든, 짜증이 나든 다 같이 지냈다. 늘 함께여서 아무 말도 할 필요가 없었다. 토론을 많이 했나요? 어떤 가르침이 있었나요? 아버지가 까다로우셨나요? 그렇게 묻는 경우가 많은데 모두 해당 사항이 없다.

그저 같이 수영하고, 텔레비전을 보고, 목욕을 하고, 산책을 하고, 장을 보고, 종일을 당연히 함께 있었다.

언니가 진학하면서 가족이 뿔뿔이 흩어졌지만 그건 단순히 독립할 나이가 되어서였지, 어디에 있든 가족이 함께 지냈던 일이 마음속 깊이 있는 듯하다. 어머니는 몸이 약해서 자주 천식 발작을 일으켰지만 언제나 물으면 바로 "자식을 낳기를 정말 잘했어, 몸이 약하다고 자식을 포기할 수는 없지, 정말 잘 커 주었다." 하고 심각하게 말했다.

나보다 일곱 살 많은 언니는 언제나 나를 돌봐 주었다. 동물을 어떻게 대해야 하는지를 가르쳐 준 사람도 언니였다. 어린 내가 고양이나 햄스터를 의인화해서 귀여워하려 하면 언니는 "그러면 인간이 아니라서 싫어한다고, 상대를 생각해야지." 하고 화를 냈다. 나는 지금도 언니만큼 마음을 다해 동물을 대하는 것 같지 않다. 언니는 나이 들어 병약해진 부모님도 돌보고 있는데도 병든 고양이를 매일 병원에 데려간다. 링거를 맞히고, 소독을 받고, 스스로 누지 못하는 오줌을 짜내고 돌아온다. 자기도 일정이 있어 피곤하다는 말은 절대 하지 않는다.

몇 년 전 언제나 집 주위를 맴돌던 길고양이가 세밑에

죽었다. 날이 추워서 현관에 들여놓았는데 언니가 잠시 집을 비운 사이에 언니를 배려하듯 소리 없이 죽었다.

죽은 몸에서 냄새가 났지만 걷지 못하는 아버지는 현관으로 기어가 고양이를 몇 번이나 쓰다듬고는 "착한 고양이였지." 하고 몇 번이나 말했다.

언니가 돌아와 "그새 가 버렸구나." 하고 조용히 말하고는 세밑이라 음식을 만드는 중이었는데 고양이를 묻으러 갔다.

이런 가족이어서 참 다행이라고 생각했다.

언제까지나

중학교 3학년 때, 섹스는커녕 키스조차 해 본 적이 거의 없을 텐데 모두들 「C 조의 말에 주의」를 열심히 듣고 흥얼거렸다. 그 곡과 가사의 절실함이 중학생의 견딜 수 없는 심정에 절절하게 다가왔기 때문이다.

농구부에서 활약했던 늘 명랑하고 상큼한 짧은 머리 여자아이가 입시 때문에 고민하다 자율 신경 실어증에 걸렸다는 소문을 들은 것도 그 무렵이었다. 그녀 친구도 입시 때문에 고민이 크다고 했다. 어디에나 있는 일이지만, 입시와 이제 곧 헤어질 학교 건물과 너무도 사는 방식이 달라서 평생 만날 일 없는 사람들과의 마지막 날 속에서 나는 약간 가슴이 메었다.

그 아이와 친했던 것은 아니지만 간혹 수다도 떨었고, 농담을 주고받고 마주 웃기도 했다. 심각한 얘기를 나눈 적은 한 번도 없었다.

어느 오후 나는 교실에 들어가려다 교실에서 뛰어나오는 그녀와 마치 청춘 드라마의 한 장면처럼 정면으로 부딪쳤다. 키가 컸던 내 가슴 언저리에 농구부인데 키가 작은 그녀 얼굴이 있었다.

"아, 요시모토!"

하면서 웃고는

"요시모토~!"

하면서 내 가슴에 얼굴을 꾹 대고 흑흑 울었다.

그리고 미안! 하고는 복도로 뛰어갔다.

그녀의 찰랑찰랑한 갈색 머리칼이 내 가슴에서 흔들리던 그 순간을 나는 잊지 못하리라. 그렇게 애달프게 이름을 불린 적은 그 전에도 후에도 없다.

교실에 들어가자 그녀 친구가 노트에 뭔가를 열심히 쓰고 있었다.

그녀도 나와 그다지 친하지는 않았지만 소소한 얘기를 나누며 깔깔 웃는 관계였다. 그녀는 울고 있지는 않았어도 표정은 심각했다.

"뭐 쓰는 거야?"

하고 내가 물었다.

"사잔[1]의 곡 가사. 진짜 엄청나게 좋은 곡이야."

노트에는 동글동글한 글자로 이렇게 쓰여 있었다.

"언제나 언제나 너에게 짐만 되는 나는 바보야 파도에 사라진 사람의 이름을 부르다니."

"너, 글씨 귀엽게 쓰네."

내가 말했다.

"당연하지, 얼굴이 귀엽잖아."

그녀가 웃었다. 나는 그녀를 꼭 안고 싶었다.

---

1 사잔 올 스타즈. 일본의 5인 록 그룹.

중학생이란 모두가 왜 이렇게 애처로울까 하고 생각했다.

누가 어째서 어떻게 되었는지, 어떤 연애 사건이 있었는지, 아무 일도 없었는지, 동아리 활동 문제인지, 입시인지, 우정인지. 아마도 그중 어느 것도 아니었으리라. 나이가 그래서였을 것이다. 사실이 어땠는지는 모르고, 그녀들이 어떻게 되었는지도 모른다. 그리고 나 말고는 그 일을 거의 기억하지 못할 것이다. 작가라니, 업보다.

하지만 그때 청춘이었던 사람들은 이 곡을 들으면 구체적인 기억은 (작가만큼은) 떠오르지 않아도 가슴이 찡해지지 않을까.

그것이 바로 사잔 올 스타즈가 우리에게 준 것이다.

나의 Q타로

"언젠가 아이가 생기고 그 아이가 처음 네가 『유령 Q타로』를 읽은 나이쯤 되었을 때, 절판되었던 책이 다시 복간돼. 그리고 어른이 되어 원하던 대로 작가가 된 너는, 그 2권의 해설을 쓰게 돼."

어린 내게 누군가가 그렇게 말했다면 나는 믿을 수 없다며 웃었으리라.

작가까지는 믿었을 것이다. 간절하게 원했고, 이루어질 것이라고 여겼으니까.

하지만 절판도 복간도, 내가 해설로 이 작품과 인연을

맺게 된다는 것도 절대 믿지 않았을 것이다. 뜬구름 같은 일이었을 테니까.

그런데 그런 일이 실현되었다.

게다가 첫 권의 해설을 스즈키 신이치 씨가 맡는다고 듣고는 더더욱 긴장했다.

그렇구나, 어릴 때 그냥 신이치라고 여겼던 사람이 정말 이 세상에 있고, 같은 시대를 계속 살았구나 하고 생각했다.

완전히 중년이 되었는데 아직도 Q타로를 읽고는 그리움에 눈물짓고, 전집 출간 안내지를 보고는 좋아서 폴짝폴짝 뛰고 있다. 어른이 되면 훨씬 더 침착할 줄 알았는데.

아무것도 변하지 않았다. 그것은 분명 좋은 일이리라.

아이들은 그저 만화를 보면서 그 재미만을 즐긴다.

그림이 어떻고, 어디부터 어디까지는 누가 그렸고, 누가 무슨 생각을 했고, 그런 부분은 조금도 신경 쓰지 않는다. 이 시대의 후지코 선생님들도 그랬으리라고 생각한다.

오로지 몰입해서 그랬으리라. 그 기운이 지금 읽어도 전해진다.

태어나 처음 읽은 책이 Q타로였던 나는 그 만화책에서 파생된 온갖 것을 공부하고, 흡수했다. 돈다발이 그렇게 굉장한 거야? 왕이 뭐지, 인스턴트라면은 또 뭐고, 괴물은 뭐야, 이웃이란 어떤 것이지, 신문지를 흐물흐물하게 녹여서 인형을 만들 수 있다고? 너구리 찻주전자는 뭐야? 도적은? 강도는? 외국인은? 텍사스에는 스테이크가 있어? 그런 식으로.

이 얘기는 여기저기서 했기 때문에 좀 유명하다. 어릴 때 나는 왼쪽 눈만 약시였다. 훈련 때문에 오른쪽 눈을 감고 있어 거의 아무것도 보이지 않는 세계에서 살았다. 하루에 한 시간 정도 안대를 벗어도 되는 시간이 있었는데 그때면 나는 허겁지겁 Q타로를 읽었다. 그들과 만날 때, 그들 동네에 있을 때 나는 괴로운 일을 모두 잊을 수 있었다.

그래서 그들의 동네는 내 마음의 고향이다.

훗날 후지코 F 선생님을 뵈었을 때 그 얘기를 했더니 선생님은 Q타로와 도라에몽이 같이 하늘을 나는 그림을 그려 보내 주셨다. 그림에는 "Q타로도 만화가 되기를 잘 했다고 하는군요."라는 말이 곁들여 있었다.

선생님이 돌아가셨을 때 나는 내 마음의 고향과 창작의 원점, 모든 것의 원천인 Q타로를 잊지 않기 위해 그 그림을 왼쪽 어깨에 새겨 넣었다.

용이나 불상, 폼 나는 크롬하츠풍의 십자가 등을 새겨 달라는 삶에 고민이 많은 진지한 사람들을 주로 상대하는 그 문신사는 "Q타로를 새겨 주세요."라고 하자 내가 장난을 친다고 여기고 좀 이상한 표정을 지었지만 원화를 보고 내 진심을 이해한 듯했다. 그러고는 환하게 웃음 짓고서 "마음을 다해서, 심혈을 기울여 새겨 드리죠. 입술은 분홍색으로 해야죠. Q타로에게 중요한 곳은 입술이니까 말입니다." 하고 말해 주었다.

그 웃는 얼굴이야말로 이 만화가 스산하고 빡빡한 현

실 세상에 선사한 것이라고 생각한다.

사실 나는 『유령 Q타로』 전권을 늘 지니고 살았기 때문에 이번에 읽은 부분도 대개는 어른이 되어서도 몇 번이나 읽어 친숙한 에피소드였다.

그런데도 새삼스레 이런 생각을 했다.

Q타로는 눈물 많고 정에 약한 유령이지만 어떤 일에도 별 도움이 안 되고, 마이 페이스로 제멋대로 행동하는가 하면 화도 잘 내고, 의외로 결론을 빨리 내리고 굉장히 쿨하다. 애니메이션보다 몇 배나. 「신유령 Q타로」보다 훨씬. 사람들도 유령을 어떻게 접하면 좋을지 몰라 시행착오를 거듭하는 느낌.

그렇구나, 그랬구나, 어른이 되어 애니메이션을 보면서 왠지 모르게 느껴졌던 위화감이 이거였구나. 그리고 내가 도라에몽은 너무 도움이 크니까 말이지 하면서 언제나 Q타로를 두둔했던 이유도 그럭저럭 이해했다.

풍요로웠던 당시에 이렇게 아무 쓸모 없는 먹보에, 하지만 솔직하고 무엇과도 바꿀 수 없는 다른 문화를 짊어진 친구가 찾아왔다는 것은 어른에게나 아이들에게나 더없이 기쁜 일이었다.

모두가 새로운 것을 접하고 싶어서 조심조심, 놀라면서도 동네 사람들 모두 다 같이 즐깁시다 하는 시대였다.

그러나 지금은 다르다. 좋고 나쁘고를 떠나 아무래도 쓸모가 있고, 악과 대적해 싸우고, 신비한 힘(날고 사라지고 구두로 변신하는 정도가 아닌)을 지니지 않으면 안 되는 것 같다.

내가 얼마나 풍요로운 어린 시절을 보냈는지 모르겠다. Q타로와 함께 성장하면서.

새삼 그런 생각이 든다.

'나의 모습'에 대하여

2010년 10월 30일부터 11월 28일까지, 도쿄 니시스가모 주변의 네 전시장에서 아메야 노리미즈가 구성하고 연출을 맡은 무대 예술제 「페스티벌/도쿄 10」의 참가 작품 「나의 모습」이 공개되었다. 관객은 교정에 파 놓은 거대한 구멍에서 시작해, 폐옥 같은 세 군데 건물(오렌지의 집, 절반 교회, 휴일 진료소)을 돌며 그곳에 표현된 사람들의 흔적을 체험한다.

우리 아이와 아메야 노리미즈 씨의 딸 등 여럿이 함께 싸늘한 비가 내리는 밤의 전시장을 돌면서 내가 본 것은 적어도 '나의 모습'은 아니었다. 아메야 씨의 모습도 아니고, 첩으로 살다 죽어 간 할머니의 모습도, 어떤 희망을 품고 운영되던 단체의 신념도, 아메야 씨 아버지의 모습도 아니었다.

나는 모두와 함께 있었지만 내면적으로는 홀로 그곳을 돌았다.

아이와 놀고, 남편과 얘기하고, 친구들과 수다를 떨며 지내는 내가 아닌 또 다른 나.

즉 내 몸이 아니라 내 혼이 돌았다고 생각한다.

처음 내가 본 것은 '시대'였나?

그렇게 생각했다. 역사라고 해도 좋겠다. 쌓인 시간이라고 해도 좋다.

고등학교 시절 내가 매일 만나던 친구 집이 니시스가모의 '오렌지의 집' 뒤쯤에 있었다. '오렌지의 집'의 할머니는 그 무렵 그곳에 살고 있었던 것이다. 처음 그 집에 가서 그렇게 생각했을 때 지금 내가 느끼는 것은 절대 역사가 아니라고 생각했다.

도깨비 집이어도 좋고, 폐허여도 좋고, 주상 복합 건물의 빈방 돌기여도 좋다. 절간의 처마에서 하는 노숙도 상관없다.

그런 경험을 한 번이라도 한 사람은 그때 자신을 짓누르던 무겁고 눅눅한 안개 같은 것의 존재를 알 것이다. 죽은 사람이나 살아 있지만 몸을 떠난 사람들의 거친 사념이 그곳에 남아 있다. 또는 그 장소 특유의 곰팡내와 먼지 때문에 어떤 보이지 않는 기운이 거기에 눌러산다.

아메야 씨가 전시장으로 택한 곳은 모두 그런 장소였다.
이미 잊혔지만 과거에는 생활이 있었고, 사람들의 조촐한 활동이 있었던 곳. 그러나 지금은 허물만 남아 있는 곳. 당연히 그곳에는 오랜 세월의 그런 안개 같은 것이 자욱했다. 수많은 사람이 수많은 생각을 하고, 생활하고, 떠나가고, 또 거기에 다른 수많은 사람의 생각이 얹히고, 땅에 스민 무언가에 어울리는 소리를 아메야 씨는 쌓아 갔다.

참회의 방에서 연필을 내려놓았을 때 거기에 적힌 언어들은 끔찍한 사념이 담겼음에도 어째서인지 고요하고 청렴했다.

병원 로비의 허름한 소파에서 낡은 텔레비전을 보고 있을 때, 왜 우리는 모두 사실은 자기가 유령이지 않을까 하고 생각했을까.

계단을 다 올라가니 창문 언저리에 쓰여 있던 성서의 마지막 구절과 비 내리는 바깥 풍경이 비친 유리창에 딱 달라붙은 단풍잎을 왜 나는 과거의 위대한 예술 작품이나 웅장한 자연 풍경을 볼 때와 똑같은 기분으로 볼 수 있었을까.

아메야 씨 아버지의 유품보다 아버지의 유골에서 더 많은 말을 느꼈던 것은 왜일까. 유품은 애처로운데 유골은 맑은 빛으로 넘쳤던 것은 왜일까. 왜 나는 모르는 사람의 유골과 마주하고 있는데 조금도 무섭지 않았을까.

연극이란 공간을 낳고, 무대에 있는 사람의 혼을 육체

로부터 잠시 분리시켜 다른 세계로 데려가 주는 것이라고
생각한다.

그렇다면 이는 역시 연극이리라.

그 집들에 얽힌 사람과 전시에 얽힌 사람에 관한 정보
가 아주 많았는데 그들의 생생하고 농밀한 인격은 조금도
전해지지 않았다.

이미 정화되고 버려진 날카로운 감각, 청결하고 강한
진실의 울림을 남긴 흔적뿐이었다. 사람이 죽으면 모두 그
렇게 깎여 나가 혼만 남을 듯한 기분이 들었다.

아메야 씨는 그 테마와 철저하게 마주함으로써 그 사
람들을 혼으로 돌려놓은 것이리라. 삶의 무상함, 일상의
무게, 나이 듦의 버거움을 벗어 버리고 끊임없이 떨어내
는 무대였다. 그리고 그 공간은 아메야 팀의 쉼 없는 헌신
으로 원래 형태를 유지하고 존중하면서도 역시나 계속해
청정해졌다.

슬프고 무겁고 두서없는 기억이 언뜻언뜻 엿보이는 그 장소에는 몸을 혹사하는 힘겨움 속에서도 동료들과 웃는 얼굴로 매일을 지낸 스태프, 그 아내와 아이들, 각자의 머릿속에서 과거에 알던 무언가와 마주한 관객들의 모든 발자취로 새로운 시간이 새겨졌다.

그 전부를 보고서 나는 생각했다.

나는 죽으면 이런 장소로 가리라. 그리고 내가 태어나기 전에도 이런 장소에 있었으리라.

그런 장소를 이 세상에 만들어 내다니, 역시 아메야 씨는 대단하다.

『콜링』

오카노 레이코 씨는 아름답고 고결하고, 그리고 현명한 사람이다.

또한 진실된 의미에서 선량한 사람이라고 느꼈다.

생각지 않은 말은 하지 않고, 인연이 있어 만난 사람에게는 좋은 일이 있기를 바라고, 추잡한 일과 영적 악의, 선망에도 질투에도 남보다 두 배는 시달렸지만, 그런데도 품위를 지키려 한 사람이다.

어떻게 그럴 수 있는지, 어떻게 오직 자신과 독자를 높여 가는 심오하고 아름다운 창작을 계속할 수 있는지.

그것은 오카노 씨가 많은 것을 갖고 있어서가 아니라 내면에 몇 번이든 깊이 침잠해 자기로 존재하는 것에 괴로워한 적이 한두 번이 아니기 때문이라고 생각한다.

그래서 나는 오카노 씨를 자주 만나지 못해도 만나면 '아아, 저기 아름답고 진지한 것이 있네.' 하는 느낌에 이끌려 다가가서 껴안고 만다.

그리고 '얼마 전에도 피차가 참 힘들었지, 왜 우리는 인간의 몸에 들어와 있는지, 하지만 그래서 이렇게 만날 수도 있는 거야.' 하는 기분을 말없이 공유하고 서로를 격려하는 느낌.

나는 오카노 씨와 일상적으로 만날 수 있는 별에서 태어나지 않았다. 하지만 오늘도 오카노 씨가 뭘 생각하고, 결단하고, 그리고 있을까를 생각하면 안도하게 된다.

멀리 있는 동료, 달과 별을 올려다보면 그 듬직한 존재가 느껴진다. 내게 그녀는 그런 사람이다.

『콜링』을 읽기 시작한 순간 나는 알았다.

만약 이 작품이 행복한 결말로 끝나지 않는다면 내 결혼은 파탄이 날 것이라고.

그런 직감은 불쑥 찾아온다.

그리고 안타깝지만 반드시 맞아떨어진다.

그래서 나는 이 작품을 식은땀을 흘리면서 읽었다. 당시 내 결혼을 반대하는 사람도 있고 목숨을 걸 정도로 원망하는 사람도 있어서 언제 틀어져도 이상하지 않을 상황이었다.

우리의 신전 결혼식은 남편보다 훨씬 멋진 옷을 입고 참석한 편집자가 엉뚱하게 신랑 대기실로 안내될 정도로, 하얀 원피스만 입은 나는 몇 번이나 "옷 갈아입으실래요?" 하는 말을 들을 정도로 조촐했지만 내용은 강렬했다.

'서로가 진실되게 이름을 주고받은' 결혼식이었다.

우리는 고귀한 모습이 아니고, 우리 아들이 훌륭한 왕이 될 것 같지도 않지만, 우리가 하루하루 새로이 만들어 내는 멋진 것은 다른 무엇과도 바꿀 수 없음을 느낄 때마다 역시 그랬다고 생각지 않을 수 없다. 내가 왜 이 작품에 운명을 걸었는지 알 것 같다.

그렇게 내 일인 것처럼 읽었는데 다 읽고 나서는 나를 위해서가 아니라 순수하게 사이베르를 위해 울었다.

자신의 탁월한 재능에 확신을 갖고 오직 전설의 짐승들과 함께 홀로 살아갈 운명이라고 여겼던 그녀는 코렌과 타무론을 만나고 메르가와 우정을 맺으면서 생겨난 굴레로 인해 세계로 나갈 수밖에 없게 된다.

고독한 가운데 결단에 결단을 거듭하면서 그녀를 사랑하는 사람들과 짐승들의 진정한 감정을 접하고 이 세상의 커다란 비밀과 하나의 큰 힘을 배워 진정한 인간이 되어간다.

내 마음은 어느새 승산이 없는 싸움에 몸을 던진 사이베르의 보다 높은 차원의 승리에 공감하고 있었다.

인간은 본디 인생을 배우고, 보다 높고 보다 큰 것이 되기 위해 태어났다.

그리고 가장 중요한 것은 자유다.

사이베르가 가장 두려워한 것은 여자로서 육체를 빼앗기는 것도 굴욕을 견뎌 내는 것도 아닌, 자기 자신으로 존재하는 정신의 자유를 빼앗기는 것이었다.

그리고 사이베르와 코렌 사이에 있는 것은 뭐든 한다는…… 그런 마음. 연애나 육욕이 아닌, 존경만도 아닌, 그 사람을 살아 있게 하려면 떨어져 있어야 하는 때가 있더라도, 자신이 어떤 평가를 얻지 못할지라도, 어떻게 맺어졌는지는 모르지만 유일하고도 특정한 존재에게만 주는 마음, 즉 '사랑'이다.

외로움을 덜기 위한 얍삽한 의미의 사랑이 아니다.

자신의 일은 모두 스스로 할 수 있지만 그 때문에 오히려 줄곧 고독하게 살고, 각자가 제 발로 굳건히 서 있는 사람만이 가능한 인연이다.

오카노 씨 부부와 지인의 집에서 냄비 요리를 먹은 적이 있다.

남편이 "닭고기 경단 덜어 줄까?" 하자 머리가 긴 오카노 씨가 수심에 찬 목소리로 "응." 하고 대답했다.

그때 무언가가 내 쪽으로 둥실 흘러왔다. 엷게 빛나는 하얀 베일 같은 것.

역시 여기에도 사이베르와 코렌이 있네 하고 나는 생각했다.

남자와 여자는 왜 결혼하나, 그건 역시 금전 때문도 아니고 연애의 결말도 아니다. 둘이 하나가 되어 비로소 인간 정신성의 한 단계 높은 차원을 보고, 다른 형태로는 알 수 없는 감정을 알기 위해서다.

이렇듯 품위 없는 시대에 인류가 절대 잃어서는 안 되는 고결한 것을 아름다운 작품을 통해 보여 주는 오카노 씨는 보물 같은 사람이다.

마음이 흐트러질 때면 나는 오카노 씨의 작품을 읽고, 아주 멋진 장소에 있는 은밀한 온천에 들어갔다 나온 것처럼 개운한 기분으로 그 세계에서 나온다. 그녀가 빚는 세계의 공기만 마셔도 마음이 되살아난다. 누구에게도 내줄 수 없는 마음속의 소중한 방에 신선한 공기가 들어

온다.

　오카노 씨, 같은 시대에 살아 주셔서 감사합니다.

최악이며 최선의 관계

마쓰우라 야타로라는 이름이 그의 어마어마하게 넓고 깊은 인맥 사이에서 점차 화제가 되었을 무렵, 나는 인기 폭발 직전의 뜨거운 온도를 피부로 느끼고 있었다. 어디에 가든 마쓰우라라는 이름을 들었다.

비슷한 시기, 마쓰우라 씨의 이동 서점과 집필 활동이 드디어 궤도에 올랐을 즈음 몇 번 메일을 주고받은 적이 있다. 시원하고 맑은 물 같은 고요한 메일이었다. 자기가 확고한 사람만이 쓸 수 있는 문장이라고 생각했다.

그다음 카우북스 나카메구로 지점이 생겼다. 내가 좋

아하는 책이 너무 많아서 기쁜 나머지 수시로 드나들었다. 당시에는 지금보다 나카메구로에 가까운 곳에 살기도 했다.

아이를 낳은 곳도 나카메구로에서 가까워 임신 중에도 출산 후에도 툭하면 발길을 했다.

한번은 마쓰우라 씨가 가게를 지키고 있을 때 화장실을 빌렸다. 그 사람은 반드시 허락해 줄 거라고 믿고서. 이름은 말하지 않았지만 피차가 뻔히 알아서 술이 약간 들어가 들떠 있던 나는 에헤헤, 그럼 하고 예의 없이 인사하고는 사라졌다.

그렇게 형편없는 나지만 그때 안 것이 있었다.

그는 머리가 좋고 바르게 자란 사람이라는 것.

마쓰우라 씨가 하려는 일은 장르는 달라도 내가 하려는 일과 아주 비슷하고, '꿈이 없으면 사는 의미도 없다.'라는 기치를 내건 세대적인 것이라는 점. 우리는 그러기 위해 살다 죽어 간 사람들의 뜻을 잇는 사람들이라는 것.

여행 아닌 여행기

시대를 뛰어넘어 오래 남을 일을 하고 싶다. 돈을 위해서는 아니다. 하지만 돈이 전혀 들어오지 않는다면 여러 각도에서 옳지 않다고 느낀다는 것.

그리고 해외를, 그 자유를, 어느 시대를 피부로 아는 사람이라는 것.

어린 시절과 젊은 시절 책에서 위로받고 책과 더불어 산 적이 있는 사람이라는 것.

헌책방이라고 해서 책꽂이에 먼지가 쌓인 것을 바람직하게 여기지 않는 감각이 있는 사람이라는 것.

그리고 한참이 지나 마쓰우라 씨가 《생활의 수첩》 편집장을 맡게 되었을 때 '우와, 그 잡지에서 이 부분을 남기고 이 부분을 없앴네, 지혜로운 결단!'이라고 생각되는 점이 몇 가지나 있었다. 그런 결단을 실천하기 위한 갖은 알력, 충돌, 들인 시간, 어느 하나를 생각해도 속이 쓰려 왔다. 하지만 그는 아름답지 않고 보편적이지 않다고 생각하는 것과 타협하느니 그런 불협화음을 하나하나 시간을 들여 해결하는 쪽을 택한 것이리라.

기세를 따라 쭉쭉 앞으로 나아가는 게 아니라 끈질기
게, 꺾이지 않고, 강하게 다진 의지로 몇 번이나 높은 산
을 넘어왔으리라.

얼마나 남자다운 방식인지 모르겠다.

그 후 마쓰우라 씨가 눈물을 삼키면서 트레킹을 했다
는 기사를 비행기 안에서 읽었다.

나는 감동해서 정말 남자답다고 생각했다. 편집장이
며 서점을 운영하는 사람이니 이렇게 힘든 산행은 무모하
다…… 하지만 그는 산행의 본질을 포착하고 문장으로 표
현했다. 정말 대단한 정신력이다.

또 어느 저녁 나는 휴가차 간 하코네의 노천탕에서 마
쓰우라 씨가 빈티지 숍 운영을 그만두고 좋아하는 책을
팔게 된 상당히 혹독한 경위를 쓴 에세이를 읽었다. 그로
서는 중요한 이유가 있어 끝까지 간직했던 소재였을 것이
다. 그 부분만 페이지의 모양과 색이 다르게 편집되어 있
어 이런 사연이 있었구나, 하고 서글퍼졌다. 하코네의 저
녁 하늘이 에세이의 내용과 묘하게 어우러져 여관에서 먹

여행 아닌 여행기

은 저녁이 엄청나게 맛없었다는 사실까지 다 지워 버렸다. 내 마음속은 푸근하고 고요했다.

그렇다, 나 역시 작가가 된 이유가 멋지고 단순하지만은 않다. 그리고 마지막까지 도저히 포기할 수 없는 것, 그게 작가였다.

지금도 카우북스 나카메구로점은 나의 오아시스다.

긴 강가를 따라 걸어 그곳에서 남편을 만난다. 책을 사고, 커피를 마시고, 꼬맹이와 함께 바깥 벤치에 앉아 있으면 일을 끝낸 남편도 그곳에 온다. 이제 저녁 먹으러 갈까 하며 일어설 때, 나는 오래도록 이 책방에서 행복을 선사받았다고 느낀다. 돈이 벌리니 안 벌리니 세금 대책이다 뭐다 해서 바로 가게를 열고 또 문을 닫고, 또는 무척 좋은 가게인데 경영난과 땅값 상승에 없어지기도 하는 풍경에 익숙해진, 그 정신의 패배에 길든 우리에게 이 아름다운 서점이 오래 유지되고 있다는 것은 희망의 빛이다.

얼마 전에 내 책을 번역하는 이탈리아 번역가를 데리고 갔더니 아주 좋아하면서 책을 꼼꼼히 보고는 몇 권이나 고르고, 마지막에는 고무라 셋타이의 판화까지 샀다.

그는 행복한 표정으로 "이렇게 멋진 서점이 이탈리아에도 있으면 얼마나 좋을까요." 하고 말했다.

이 말을 듣고서 마쓰우라 씨가 하고 싶었던 일이 이루어지지 않았나 생각했다.

외국 사람도 찾고 싶은, 그리고 찾아가면 언제나 원하는 책이 기다리는, 진열된 책은 늘 새롭지만 있어야 할 책은 반드시 있는, 몇 년이 지나도 찾아가면 문이 열려 있는……. 카우 북스는 그런 서점으로 성장하고 있다.

나는 이렇듯 인상이 강하고 품위 없는 인격, 오히려 록과 펑크의 세계에 가까운 감각으로 자유를 추구하고, 비트족으로 하면 윌리엄 버로스에 가깝고, 정신세계로 하면 카스타네다가 바이블이라 마쓰우라 씨와는 지향점이 다소 다르다. 실제 행동은 마쓰우라 씨가 훨씬 와일드하고 착실하다. 경험이 많고 멋진 점도 아직 영글지 못한 나와는 아주 다르다.

그래도 나는 마쓰우라 씨를 '세상을 대하는 생각이 공통되는 소중한 동료'라 생각하고, 언제나 은밀하게 응원하고 있다. 그가 쓰러지면 내가 곤란하다고까지 생각한다.

실제로는 간혹 화장실을 빌려 사용하고는 에헤헤 하며 사라지는 정도의 관계지만.

사랑의 고통

독서에서 고전과 명작을 읽는 것은 가장 중요하다.

그래서 『폭풍의 언덕』이나 『콜레라 시대의 사랑』에 관해 쓰려고 했다. 시대에 떠밀려 도저히 이루어지지 않았던 사랑이 어떤 형태로든 결실을 맺는 이야기.

가즈오 이시구로의 『나를 보내지 마』도 그렇다. 젊었을 때 이루지 못한 사랑이 중년이 되어 큰 문제를 안고 있는 상태에서 이루어지지만 어딘가 모르게 허망하고 슬픈, 멋진 이야기다.

하지만 이 책을 읽는 분들이라면 내가 굳이 다루지 않

아도 읽을 작품들이다.

그래서 모리 히로시 씨의 소설을 생각했다.

그는 공학부 조교수라는 경력을 살려 어려운 트릭을 사용하는 미스터리 작가로 유명하다. 또 어떤 장르의 작품이든 쉽게 쓰고, 소설을 쓰는 것은 그저 일이라고 단언하는 특이한 인생관을 지녔다.

그의 소설은 순문학으로 분류되지 않지만 그렇다고 엔터테인먼트라고 하기도 어려운 무언가가 있다. 그 무언가가 수많은 독자를 매료했을 것이라고 생각한다. 발행부수 누계 1000만 부 돌파, 아무 매력이 없다면 가능하지 않은 숫자다.

그는 대부분의 소설에서 그 엄청난 지성과 비슷한 분량으로 절대 이루어지지 않을 사랑을 얘기한다. 어떤 이유가 있어 상대는 평생 자신이 원하는 형태로 자신을 좋아하지 못한다는 얘기를 집요하게 쓴다. 이 테마가 인생의 무상함과 등식이라고 해도 과언이 아닐 정도로 작품 전체를 뒤덮고 있다.

대표작으로 일컬어지는 『스카이 크롤러』도, S&M 시리즈도, V 시리즈도 모두 그렇다. 등장인물은 짝사랑에 취할 만큼 머리가 나쁘지 않다. 재능이 있고, 자기 일은 스스로 할 수 있을 만큼 지적이고 행동적이다. 연애는 고통스럽다. 사랑이 이루어졌다고 해서 그 고통이 없어지지는 않는다. 연애의 종착점은 육체관계가 아니다. 그 고통이야말로 연애의 정체라는 사고가 밑바닥에 흐르고 있다.

과연 머리가 좋은 사람이다.

사람과 사람은 남녀 간이든 같은 환상을 공유한 사이든 궁극적으로는 서로의 생각을 절대 알 수 없고, 아무것도 나눌 수 없다. 아무리 상대를 그리워하고, 가령 그 상대와 결혼했다 해도 그 사람은 자기 소유가 아니다. 자기 인생은 누구와도 하나가 될 수 없다. 사랑은 부조리한 것이라 절대 해답이 없다. 그저 고통스러울 뿐. 절대 즐겁지 않다. 날이 개나 흐리나 그 사람을 생각하면 괴롭고 답답하고, 모든 계절이 모든 날씨가 그 고통을 부각시킬 뿐이다. 오직 그 사람을 돕기 위해서만 움직이고 싶은데 가령 그렇게 했다 한들 해결되는 것은 없다. 그 고통 속에 있는 것만이 해결의 길이다. 이 상태를 극한까지 몰고 가면 거기에는 죽음의 냄새가 떠다닌다. 성(性)이 얼마나 죽음 가까이에 있는지 그 사실이 떠오른다. 그래서 그는 미스터리가 쓰기 쉬운지도 모르겠다.

피가 기억하고 있는지도 모른다. 그것은 더할 나위 없는 날이었다. 서로 호흡을 맞춰 춤을 춘 듯한, 일말의 흐트러짐도 없는, 완벽하게 조화로운 시간이었다고 생각한다. 호텔 욕실에서 샤워를 할 때 그 완벽함을 가장 절실하게 느꼈다. 시트도, 배스로브도 웃음이 나올 만큼 포근했다. 모든 것이 너무도 기분 좋아서 이대로 계속 지구가 멸망하는 날까지 지내고 싶다고 상상했다. 멸망의 날이 일주일쯤 후였다면 행운이었으리라.

그러나 이런 경험을 한 번이라도 하고 나면 인간은 불안해지는 법이다. 그렇다, 참 이상한 인과다. 앞으로 몇 번이나 이 행복이 내게 찾아올까 하고 괜한 걱정을 하고 만다. 인간의 두뇌 구조는 기본적으로 비관적 예측을 하도록 생겨 먹었다. 그래서 지금까지 인류가 지구상에서 만물 위에 오를 수 있었다. 그것은 적어도 나쁜 일은 아니다. 걱정하고 미리 예방하고 대처하면서 그럭저럭 헤쳐 왔다.

너무도 쉽게 최상의 것을 얻어 나는 몹시 불안해졌다. 이 행복은 지속되지 않는다, 언젠가 사라진다는 바람직한 비관이 아니다. 그런 생각은 고등학생이나 한다. 나 정도 나이가 되면 처음부터 포기한 상태다. 자신을 포함해 인간이라는 것에 보편성 따위는 있을 수 없다. 영원히 계속되는 상황은 없다. 언어로 영원을 추구하는 어리석은 짓도 하고 싶지 않다.

—「조라, 일격, 안녕」에서

긴 문장을 인용했는데 그의 소설이 얼마나 대단한지를 전하는 가장 좋은 방법이지 않을까 한다.

동업자로서, 이 정도 능력과 가능성을 갖고 있으면서 소설의 완성도를 극한까지 끌어올리려는 마음이 없다는

점이 참 대단하다 싶다. 그 여유로움도 그의 좋은 점이라

고 생각한다.

인간 참 대단해

'마작의 신' 사쿠라이 쇼이치 씨의 책을 좋아해서 마음이 꺾일 만한 때 잘 읽는다.

그렇게 엄격한 내용이 자장가처럼 느껴지는 내 인생, 어떻게 된 거야? 싶지만 소설을 쓰는 고독한 길을 뚜벅뚜벅 걸어가기 위해서는 어쩔 수 없이 앞서 간 사람들의 말이 필요하다.

'20년간 무패'라는 기록을 말로 하면 어마어마하고, 우와아아! 하는 식이 되겠지만 그건 아니다.

사쿠라이 씨의 인생은 만화처럼 늘 뜨겁게 불타오르지

도 않고, 아침에 일어나면 바로 도망치고 싶고, 마음이 무거운 날의 연속이었을 것이라고 생각한다.

사쿠라이 씨도 인간이고, 만약 둔감해서 무섭고 귀찮음을 느끼지 못했더라면 오래전에 이미 졌을 테니까.

마지막까지 갖가지 부분을 다지고 다진 후에 훅 힘을 빼고 한 치도 빈틈없이 살지 않으면 그런 일은 이룰 수 없다. 모든 힘을 빌려 약점이 최대한 작아지도록 자각하고 조정하는 한편 아예 없애려고 애쓰지는 않고, 자만심을 한없이 억제하고, 온갖 감정을 인정하고, 흘려보내고……그런 엄격한 시간의 연속이었을 것이다.

승패가 결정 난 후에도 사쿠라이 씨는 사례로 제공되는 고급 요정의 음식과 검은 승용차를 거부하고 걸어서 돌아간다고 한다.

그런 것을 받으면 마음이 해이해진다는 이유였을 것이다. 사실 인간의 가장 약한 부분이다. 인간에게는 오늘 하루쯤 맛있는 것을 먹고 마시고 편히 쉬자고 마음이 풀어지면 무언가가 흐트러지고 마는 성향이 있다.

즐김을 부정하려는 의미가 아니라 때와 장소에 따라 풀어짐의 정도를 생각한다는 뜻이다.

마작도 그 수준에 이르면 검의 고수와 마찬가지로 '그 사람을 이겼다.'라는 게 어마어마한 훈장이 된다. 온갖 사람들이 온갖 무모한 방법으로 도전할 테고, 그중에는 수상한 강적부터 진정한 천적까지 온갖 종류의 적수가 있었을 테니, 은퇴의 순간을 결정하는 일까지 포함해서 루팡 3세나 미야모토 무사시 정도의 초인적인 판단력과 감과 본능의 목소리가 매일 필요했을 것이다.

나는 어째 좀 집중력이 부족하고, 목숨 걸고 소설을 쓰고 있나? 하자니 약간 다른 것 같다.

하지만 쓰기 위해 중요한 무언가를 잃지 않도록 매일 나 자신을 조율하다 보면 그처럼 무언가를 실천하고 실행한 사람의 말이 정말 와닿는다.

언젠가 사쿠라이 씨에게 편지와 함께 책을 보냈더니 직접 전화를 걸어 주었다.

역시 대단한 사람이다 싶었다.

편지에 전화번호를 쓰지 않았으니 출판사에 전화해서 내 번호를 물어 전화한 것이었다.

공교롭게 내가 그때 없어 얘기는 나누지 못했지만 역시 대단한 사람이라고 생각했다. 아내나 아랫사람에게 시키지 않고 "책과 편지를 보내 주어 고맙다."라는 말을 전하기 위해 행동했다.

나도 그렇지만 모두가 의외로 그런 일을 이제는 못하게 된 게 아닐까?

그리고 점차 엉망이 되어 가는 게 아닐까?

살다 보면 할 일이 많아지고 짐도 조금씩 무거워지니, 그래서 중요한 것은 계속되고 불필요한 것은 점차 줄어드는 게 아닐까? 그저 가볍고 밝아지는 법칙은 있을 수 없지 않을까. 마지막에는 중력을 포함해 수많은 무거운 것에서 해방될 수 있으니, 그래서 죽음이 은총이 아닌가?

나도 몸이 무겁지만 중요한 무언가를 그만두면 점점 더 무거워져 행동거지마저 둔해지고 새로운 것은 귀찮아지지 않을까? 사람의 체형에는 그 사람의 전부가 드러난다. 하는 말이 아무리 멋져도 배가 툭 튀어나왔는데 몸을 움직이지 않고 아랫사람에게 모든 것을 시키면, 그리고 스스로 자기 지갑을 열지 않으면 역시 무언가가 늘어져 인간으로서 형편없어지지 않을까?

너무 순진하다, 손해다, 지친다 하고 여겨져도 어느 정도 스스로 움직이고 판단하면 살아 있는 존재로서 정상적으로 작동하지 않을까.

간사이 지방에 유신파라는 극단이 있다.

지금은 다소 문화적으로 생활하는지 모르겠지만 내가 알던 시절에는 거대한 무대 장치도 단원들 손으로 제작하느라 공사 현장을 방불케 하는 상황, 생활하는 곳도 단원들이 하룻밤 새 뚝딱 짓고, 그곳에서 직접 식사를 만들어 먹으며 단체 생활을 했다.

유신파는 마쓰모토 유기치라는 위대한 재능을 지닌 단장의 세계를 완벽하게 체현하기 위해 상당히 혹독하게 연습하는, 감각이 뛰어난 극단이다.

여행 아닌 여행기

이시모토 유미 씨는 그런 단원들 중에서도 단연히 톱이다.

작고 동글동글한 체구에 터프한 그녀는 신체 능력이 어마어마해서 유신파 특유의 움직임을 철저하게 체현하고 있다.

옛날에 마이클 잭슨이 "카운트를 하지 않아야 좋은 댄서다. 머릿속으로 카운트를 하면 관객은 반드시 알아차린다."라는 말을 넌지시 했을 때 역시 저 사람은 천재라고 생각했는데, 이시모토 씨의 움직임은 그야말로 카운트를 하지 않는 느낌이다.

유신파의 움직임과 대사는 리듬을 타는 데다 무척 복잡해서 무대에 서는 배우들 모두가 가혹한 연습 과정을 거쳐 익힌다. 그러니 전원의 수준이 높다.

그런데 이시모토 씨가 무대에 서면 갑자기 나머지 배우들의 결점이 드러난다.

아, 저 배우는 머리를 움직이면 몸의 중심이 흐트러지네, 저 배우는 지금 숫자를 세려고 준비했고, 저 배우는 오른쪽의 움직임이 커졌어. 그런 식으로.

이시모토 씨 혼자만 완벽한 '무'이기 때문이다.

움직여야 할 때는 한 치도 어김없이 움직이고, 멈춰야 할 때는 멈추려는 생각 없이 멈추고, 대사를 할 때는 무대 전체에 오직 목소리만 울리게 하고, 아무튼 연극 내용과 하나가 된다.

그래서 움직임이 명확하고, 다른 어떤 정보도 환기하지 않는다.

오직 마쓰모토 씨의 세계가 무자비할 정도로, 수학적이라 할 만큼 완전하게 표현된다.

이시모토 씨는 무대 밖에서도 그녀만의 존재감을 발휘한다. 서 있는 모습 어디에도 힘이 들어가 있지 않다. 그리고 무엇보다 사람을 쭉 끌어당기는 무언가를 발산한다. 그 빛이 너무 강렬해서 특히 단원이 아닌 사람들과 있을 때면 잘 움직이지 못하는 사람들 속에 아름다운 짐승 한 마리가 섞여 있는 것처럼 보인다.

그런 이시모토 씨도 초기에는 아무래도 여러 가지로

여행 아닌 여행기

생각하거나 과도한 동작을 보였다. 지금의 기적 같은 움직임은 오랜 세월의 수련에서 생겨난 순수한 결정이다. 그리고 그 결정은 그녀가 죽으면 우주에서 사라질 허망하고 아름다운 것이다.

얼마 전 하와이에 갔을 때 호클레아 항해에 참가한 유일한 일본인 크루 우치코 가나코 씨와 해변에 갈 기회가 있었다.

'호클레아'는 카누를 두 척 연결한 배로, 엔진이 없다. 항해도도 나침반도 없이 전통 항해술을 사용해 하와이에서 일본까지 5개월간의 여행을 한 것이다.

"가나코 씨와 바다에 가다니 우와, 무섭네. 저기까지 헤엄쳐 가자면서 엄청난 파도가 올 때 100킬로미터 정도 헤엄치는 거 아냐? 작살로 물고기 잡아서 해변에서 불 피워 구워 먹자고 하는 거 아냐?"

내가 그렇게 말하자

"무슨 소리예요! 나, 그 이미지를 떨쳐 버리지 못하면 인기도 없을 텐데."

가나코 씨는 그렇게 말했지만 그 탄탄한 몸과 투명한 눈은 지금껏 내가 별로 보지 못한 것이었다. 깊고, 아련하고, 한없이 깊은 우주 같았다.

내 아이를 받아 준 조산원의 눈과 가장 비슷하다.

그리고 달라이 라마의 눈.

혹은 거대한 고래도 그런 눈일까?

가나코 씨는 초짜인 우리에게 조금도 힘들이지 않고 엎드려서 타는 보디보드를 가르쳐 주었다. 너무 잘 가르쳐 줘서 모두가 거의 동시에 파도를 타자 우하하하 웃으며 함께 기뻐해 주었다.

그러고는 바닷물이 차서 감기에 걸렸다고 우리가 묵는 호텔에 묵게 되었다. 우리 아이와 같이 놀다 자고 아침에 다 같이 느긋하게 바다를 바라본 다음 잠시 나갔다 왔더니 아무래도 감기가 심해진 것 같다며 돌아가 쉬겠다고 서 휑하니 가 버렸다.

와, 그렇구나, 감기에도 걸리는구나! 체력이 그렇게 좋은데도 무리하지 않고 그냥 자는구나. 그래야지, 안 그러면 그런 위업은 달성하지 못하지.

나는 충분히 납득이 갔다. 내가 할 수 없는 것을 하는 사람을 '나와는 다른 사람이니까.' 하며 높이 추켜세워 초인 취급하는 것은 간단한 일이다. 하지만 모두 같다, 무언가가 아주 조금 보이지 않게 다를 뿐. 그리고 그 무언가는 그들에게 아주 멀고 사람이 도달할 수 없는 곳의 경치를 보여 준다.

그 경치를 갖고 돌아와 공유하는 점이 가장 대단하다.

가나코 씨는 밤에 소파 베드에 누워 기침과 재채기를 하면서 "아침에 이 방에서 바다 경치를 볼 수 있다니 정말 기대가 되네!"라고 말했다. 호텔 방은 33층에 있어서 저 멀리 와이키키 해변을 바라볼 수 있었다.

아침이 오면 연인을 만날 수 있다는 말투 같아 그녀가 얼마나 바다를 사랑하고 또 바다에 살고 있는지가 전해졌다.

그렇다, 그것이 그녀를 이끌어 온 전부다.

생각해 보면 내 주위에 있는 수많은, 어떻게 저럴 수 있지 싶은 대단한 사람들 모두가 그렇다.

시간과 노력을 아끼지 않고, 작은 일도 허술히 하지 않고, 그 사람만의 방식으로 그 사람만의 세계를 구축해 멀고 아득한 경치를 볼 수 있는 곳에 도달했다가 반드시 동포에게 돌아와 그 먼 경치 얘기를 해 준다.

나는 소설밖에 쓰지 못하지만 조금이라도 그러고 싶다고 생각한다. 사랑의 인도하에 소리 없는 도전을 계속하고, 그러다 먼 경치를 보면 그 경치를 담담하게 쓰고 싶다.

여자와 우쿨렐레

하와이섬에 사는 미인 치호 씨가 감미롭게 웃는 얼굴로 "꼭 데려가고 싶은 곳이 있어!" 하고 말했다.

아무 표시도 없는 곳에 차를 세워 놓고 험하고 거친 산길을 내려가면 천연 스팀 사우나가 있다고 한다.

하와이섬은 화산도이기 때문에 지열이 매우 높다. 그래서 유황 성분이 적당히 섞인 증기가 모락모락 오르는 구멍과 동굴이 많다. 킬라우에아 부근에도 그런 곳이 많지만, 그곳은 아주 멀리 떨어진 비밀의 장소라서 아는 사람들만 찾아와 몇 시간이나 증기에 몸을 따끈하게 데우고 돌아간다고 한다.

그런데 정작 가려는 날에 폭우가 내렸고, 날이 어두워
서야 겨우 비가 그쳤다.

"어쩌나, 그냥 포기할까? 아니면 잠시 다녀올까?"

모두가 가고 싶다고 했다.

나는 아이가 있어 완전히 포기했는데 비서가 아이와
기다리고 있겠다고 해서 용감하게 동행하기로 했다. 차를
타고 가는 도중에 또 비가 내려 시야도 흐리고 기분도 축
쳐졌다.

차에서 내려 질척질척하고 어두컴컴한 산길을 내려갔
다. 조그만 손전등으로 발치를 비추고 나무를 헤치면서
탐험대처럼 쑥쑥 내려갔다. 미끄러져 손도 발도 진흙 범벅
이 되었다.

조그만 동굴이었다. 무료라서 히피들이 애지중지하는
지 엉성하게 만든 벤치도 있고, 비가 뿌리지 않게 비닐 시
트도 쳐 놓았다. 좋은 사람들이네 하고 나는 생각했다.
모두가 사용할 수 있도록 만들고, 남겨 놓았다.

우리는 좁은 산길을 비를 맞으며 내려와 오들오들 떨고 있었다. 옷을 벗고서 미리 입고 온 수영복 차림으로 차례차례 소리를 지르며 동굴에 들어갔다. 동굴 안은 암벽에서 뜨거운 증기가 뭉글뭉글 올라 춥지 않았다. 그리고 왠지 기분이 무척 좋았다. 마침 적당한 습기, 간간이 떨어지는 따뜻한 물방울. 캄캄한 어둠 속에서 살을 맞대고 하나된 흥분감으로 기분 좋게 수다를 떨었다.

그 증기는 마치 뜨거운 바람처럼 우리 사이로 불어왔다. 희미하게 유황 냄새가 났다. 노천 온천에 있는 듯한, 비밀의 지하도에 있는 듯한 묘한 느낌이었다.

몸은 따끈해졌지만 질척질척한 산길을 다시 올라가자니 으슬으슬 추워지고 진흙 범벅이 되어 결국은 제자리. 그래도 우리는 따끈따끈하고 매끈매끈하고 기운이 넘쳤다.

물론 자연의 힘도 컸을 것이다.

그러나 무엇보다 우리를 따뜻하게 한 것은 치호 씨의 마음.

그녀는 친구이지 가이드가 아니다. 와서 안내해 주어

호텔비는 우리가 부담했지만 안내할 의무는 없었다.

그런데 그녀는 비밀의 장소를 공유하고, 길 안내를 하고, 길에 비닐 시트를 펼쳐 놓고 우리가 옷을 다 갈아입을 때까지 우산을 들고 있고, 입구가 낮으니까 머리를 조심하라고 가르쳐 주고, 추운데도 빗속에 서서 우리를 지켜보다가 마지막에 들어오고 또 가장 먼저 나가고, 비를 맞으면서도 동굴에서 나온 우리에게 자신의 목욕 수건을 아무 주저 없이 웃는 얼굴로 건네주었다. 비에 젖은 까만 비닐 시트를 착착 접고, 호텔에 돌아와서도 환하게 웃는 얼굴로 이렇게 말해 주었다.

"아아, 모두에게 그 엄청난 곳을 얼마나 보여 주고 싶었다고, 거긴 언제나 제일 터프한 여자 친구들과 같이 가서 몇 시간이나 있다가 매끈매끈해져 돌아오는 비밀의 장소야! 정말 데려가고 싶었어!"

치호 씨는 젊어서 남편을 잃었다.

어쩌다 신주쿠 니초메의 게이 바에서 처음 만났을 때

그 얘기가 나와 우리는 같이 울었다. 조명이 어둡고 주위에는 사람도 많았는데, 독한 위스키 칵테일을 마시면서 떠들다 울고 덩달아 울고, 둘만의 세계에서 얘기를 나눴다.

보는 앞에서 좋아하는 사람이 죽어 가는 처연함이 내게도 밀려왔다. 조부모도 아니고 부모도 아니고, 앞으로 인생을 함께할 젊은 남편이 죽었다. 대학을 졸업하자마자 결혼한 그들은 사이가 너무 좋아 얘기하다 밝힌 밤도 많았다고 한다.

"온갖 일이 다 있었어. 시부모님과 함께여서 좋은 일만 있었던 것도 아니고. 병을 앓고부터 죽을 때까지 시간이 꽤 길었어. 끝까지 포기하지는 않았고, 서서히 진행되었기 때문에 세상이 무너질 듯한 충격은 아니었지만, 그 후로는 시계가 싫어서, 시계를 보기가 싫어서 다 내다 버렸어. 없어도 시간은 알 수 있으니까. 시계는 여기저기 있고, 정 뭐하면 텔레비전에 뜬 시계를 봐도 되고, 중요한 약속이 있을 때는 두 시간 정도 회사에 일찍 가면 되고."

집에 있는 시계를 모두 버렸노라고 아무렇지 않게 얘기

하는 말투에서 상처의 깊이를 느꼈다.

지금 그녀는 프리다이빙을 하는 한편 대학에서 하와이 역사와 문화를 공부하고 있다. 물론 손목에는 다이버 시계를 항상 차고 있다. 다행이네, 이제 시계가 무섭지 않은 거네. 그렇게 무서운 경험을 이겨 내고 사랑하는 사람을 보냈기에 마음이 그렇듯 강하면서도 고울 수 있는 것이다.

밤, 호텔에서 열린 파티에 그녀가 좀처럼 나타나지 않았다. 피곤해서 곤하게 잠들었나 하면서도 부르러 갔다.

문을 두드리자 같은 방에 묵는 여자가 문을 열고서 "치호 씨 잠이 오는 것 같아요, 나도 배가 좀 아파서 오늘 이 방 사람들은 모두 불참하고 그냥 잘게요." 하고 말했다.

불은 환하게 켜져 있고, 치호 씨는 침대에 드러누워 있었다. 짧은 바지 아래로 까맣게 탄 미끈한 다리를 드러내 놓고. 그리고 우쿨렐레를 안고 있었다. 내가 온 것을 알고는 꽃이 피는 것처럼 방긋방긋 웃으면서 "아음, 우쿨렐레 연습하다 보니까 잠이 쏟아져서. 오늘은 그냥 잘게. 내일 봐. 잘 자고, 고마워."라고 말했다.

가슴이 뭉클해져 그녀 볼에 잘 자라는 입맞춤을 하고, 나는 파티장으로 돌아갔다.

서글픈 왕국 이야기

　지금은 그 무렵에 있었던 모든 일이 꿈이며 거짓이었다 해도 조금도 이상하지 않다.

　결코 즐거운 꿈은 아니었다.

　다만 무슨 일이 생겨도 우리는 받아들였다.

　우리는 서로 사랑하지는 않았다. 그저 들러붙어 있었을 뿐이다. 간혹 그녀 몸의 감촉이 내 안에서 되살아나곤 한다. 옛 연인을 떠올리는 것처럼 생생한 그 감각, 아아, 어쩌면 연애였는지도 모르겠네 하고 생각할 때가 있다.

　아니었다면 그렇게 오랜 기간 육체적으로 늘 들러붙어

있을 리 없었다고.

그녀는 아주 복잡한 가정의 딸이었다.

치정이나 빚, 그런 유의 복잡함이 아니다. 엄격하고, 영어를 할 줄 알아야 한다, 공부를 해라 고함을 지르는 아빠. 가정은 완전히 아빠 중심이었지만 사업 면에서는 자립적이며 쿨한 미인 엄마.

그녀를 대하는 애정은 있지만 쌀쌀한 엄마의 태도를 나는 줄곧 보아 왔다. 하는 말은 부드럽고 배려도 느껴지지만 결국은 모든 것을 스스로 하게 하는 철저한 교육 방식이었다. 딱 부러지고 합리적인 언니에게는 그 방식이 잘 맞았지만, 착하고 작은 것에도 혼을 느끼고 하나하나를 섬세하게 다루는 그녀는 힘들었을 것이다.

그녀 별명은 미탕이었다. 하얗고 동그란 얼굴에 또랑또랑한 눈, 사과처럼 예뻤다. 등을 약간 구부리고 위태롭게 서 있는 모습은 불안정한 인형 같았다.

우리는 초등학교 입학식에서 만났다. 그녀 옷의 등 지

퍼가 열려 있어서 내가 올려 주었다. 그 후에 넘어졌는지 어쨌는지 내가 울고 있었더니 제일 먼저 달려와 위로하고 안아 주었다.

그리고 우리는 무려 대학을 졸업할 때까지 거의 매일 함께 있었다.

그동안에 미탕이 처한 환경은 점점 가혹하고 복잡해졌다.

미탕 가족은 바닥이 기울고, 욕실도 없고, 화장실은 공동으로 사용하는 조그만 아파트에 방 두 개를 빌려 살았다. 부모님이 지내는 방에는 그나마 부엌이 달려 있었지만, 미탕과 언니가 지내는 두 평이 안 되는 방에는 2층 침대 하나가 덜렁 있을 뿐 수도조차 없었다.

똑똑하고 공부도 잘하는 언니가 재빨리 그곳을 벗어나 자립할 무렵 그들 부모는 미탕을 버렸다. 표현은 좋지 않지만 내게는 그렇게 보였다.

공단 아파트에 당첨되어 그들은 멋진 아파트로 이사

했다. 아버지를 싫어하고 정든 방에 몹시 집착했던 그녀는 새집에 들어가기를 거부했을 것이다. 그 무렵부터 그녀는 그 방과 주변만이 그녀가 살 세계이며, 평생 이 부근에서 살고 싶다고 간절히 바랐다. 바깥세상으로 나가고 싶어 했던 나는 전혀 이해할 수 없었지만 그녀의 확고한 세계관을 어느 의미에서는 존경했다. 아직 어린데 평생의 일을 결정하다니 대단하다고 생각했다. 당시에는 결정하지 않고는 마음 붙일 곳도 없고 살아갈 수도 없어서 그랬다고는 생각지 못했다. 다부지다고 감탄하기까지 했다.

미탕의 방 바로 밑은 라면 가게였다.

좀 너저분하기는 해도 맛있기로 소문난 가게여서 언제나 북적거렸다. 나도 밤중에 아버지와 둘이 자전거를 같이 타고 먹으러 갔다. 라면 가게에서 나와 2층을 올려다보면 그녀 방 창문이 환했다. "미탕!" 하고 부르면 그녀가 창문을 드르륵 열고 빨랫대 사이로 손을 흔들어 주었다. 동그랗고 새하얀 얼굴로. 하늘하늘한 움직임으로. 귀엽기도 하고, 따스하기도 하고, 이상하기도 하고, 뭐라 형용하기 어려운 그녀는 언제나 착실하고, 절대 거짓말을 하지 않고, 생각을 솔직하게 말하고, 내게는 특히 늘 친절했다.

라면 가게의 열기가 올라와 여름이면 그녀 방은 푹푹 쪘다. 물론 에어컨 따위는 없었다. 바퀴벌레도 어마어마하게 올라왔다. 내가 지금도 만질 수 있을 만큼 바퀴벌레에 익숙한 것은 미탕의 방에서 아무렇지 않게, 개미를 보듯 바퀴벌레를 많이 봤기 때문이다.

청소기를 돌리고 나면 종이팩 안에서 상상을 초월하는 숫자의 바퀴벌레가 나와 둘이 부둥켜안고 떤 적도 있다. 방바닥은 점점 심하게 기울어 구슬을 놓으면 또르르 굴렀고, 병도 뉘어 놓으면 방구석으로 굴러갔다.

중학생인데 미탕은 그 방에서 혼자 살기 시작했다. 욕실도 화장실도 부엌도 수도도 없는 그 방에서.

물이 필요하면 화장실 옆에 있는 수도에 가서 받아 와야 했고, 아침에는 그 수도에서 세수를 해야 했다. 물론 냉장고도 없었다. 그녀는 근처 편의점이 냉장고, 대중목욕탕이 욕실, 동네는 전부 마당이라고 여겼으리라. 그렇다. 동네 전체가 그녀의 왕국, 그래서 그녀는 그 방에서 아무런 불편을 느끼지 않았다.

나는 지금도 그 동네를 지날 때면 이 일대의 주인은 그녀라고 생각하곤 한다. 그렇게 사랑했으니 동네도 그녀를 사랑했으리라고. 여기 있는 한 그녀는 공주님으로 지켜졌으리라고.

그리고 나는 어려서 그런 생활이 기본적으로 힘들다는 의미를 잘 몰랐다.

그냥, 아무렇지 않게 그 환경을 받아들였다.

아무런 불만이 없었다. 거기에는 미탕이 있고, 둘이 있을 공간이 있었다. 여섯 살 때처럼 시간은 그냥 흘러갔다.

매일 학교가 끝나면 자전거를 타고 거기에 가서 지냈다.

같이 숙제를 하고, 전기 포트에 물을 끓여 홍차를 마시고, 사 들고 온 만화를 읽고.

우리 둘은 심심해지면 구멍가게에서 산 플라스틱 칼을

들고 동네에 있는 큰 신사에 가서 교복 차림으로 뛰어다니며 칼싸움을 했다. 가끔은 칼에 맞아 상처가 생길 정도로 열을 올리면서. 그 신사에는 역사 드라마의 촬영 장소로도 사용되는 빨간 나무 기둥이 죽 이어지고 높낮이가 있는 통로가 있었다. 그런 곳을 역사 드라마의 한 장면을 방불케 하며 뛰어다니는 두 여중생. 칼에 맞으면 땅에 쓰러져 죽은 척했다.

다른 아이들은 모두 당시 최고의 아이돌이던 마쓰다 세이코처럼 머리를 자르고, 성에 눈을 뜨면 바로 남자 친구를 만들어 신사에서 몰래 데이트를 하는 상황에서 우리만 그런 식이었다. 둘만 있으면 아무도 필요치 않았던 것이리라. 물론 나는 언제나 풋풋한 연애를 하고 있었지만 그 상대보다 미탕과 훨씬 더 많은 시간을 지냈다. 연애든 뭐든 다 얘기했고 서로가 훨씬 더 소중했다.

저녁때가 되면 미탕은 산책도 할 겸 나를 데려다주었고, 온 김에 우리 집에서 저녁을 먹었다. 그리고 돌아갈 때는 자전거가 있는 내가 미탕을 집까지 데려다주었다.

마치 연인처럼 헤어지기 아쉬워 오락가락했다.

애기할 거리는 얼마든지 있었고, 서로의 결점도 다 꿰고 있어서 거리낄 게 없었다. 밤길은 보물처럼 우리에게 넉넉한 시간을 주었다. 둘이 걸어가면 무서울 게 없었다. 둘 사이에는 만질 수 있을 것처럼 확실하게 무언가가 있었다. 동그랗고 단단하고 흔들림이 없는데 꼭 껴안으면 부서질 듯한 것. 반짝거리고 아주 얇은데 강한 것.

때로는 같이 대중탕에 가서 옷을 갈아입으며 주스를 마시고, 서로의 부모에게 받은 푼돈으로 밥을 사 먹었다.

1층의 라면 가게에서도 수시로 외상 라면을 먹었다. 라면 가게 아저씨와 아줌마는 미탕의 엄마와 친했고, 미탕이 혼자 사는 걸 알아서 무척 친절했다. 이러면 바퀴벌레가 올라와도 투덜거릴 수 없겠네 하고 나는 생각했다. 그 아저씨와 아줌마, 그 방의 모든 것이 혼자 사는 미탕에게는 생명줄이었다고 생각한다.

아빠에게 "공부하라."는 고함 소리와 함께 툭하면 얻어 맞았던 미탕의 또 한 가지 버팀목은 어느 만화 영화였다. 행사나 학급회의 때문에 하교 시간이 늦어지면, 또는 동아리 활동과 겹치면 그녀는 저녁때 하는 그 만화 영화를 보기 위해 그냥 집에 돌아갔다.

다른 친구들은 "와, 대단하네." 하면서 감탄했다. 가 버렸어, 아무 말도 않고. 보건실에 간다는 말도 조퇴를 하겠다는 말도 없이, 그렇게 착실하게 하던 동아리 활동도 팽개치고 그냥 가 버렸어.

너무 자연스럽게 가 버려서 선생도 한동안 모를 정도였다.

그리고 들켜서 혼이 나면 "꼭 봐야 했어요. 꼭 보고 싶었어요." 하며 당당하게 싸웠다. 선생은 물론 그런 이유를 받아들일 리 없으니 그녀를 남아 있게 하거나 부모를 부르는 심술을 부렸다.

학교는 참 재미없는 곳이네 하고 나는 생각했다. 그녀에게는 오직 그 프로그램을 보는 것이 집에 있을 수 있는, 힘을 낼 수 있는 원천인데. 다른 학생도 따라서 그러면 곤란하다는 획일적인 이유 때문에 힘들게 사는 그녀를 봐 주는 아량을 베풀지 못하다니.

만화 영화 속 인물들은 언제나 대의에 불타고, 맑고 아름답고, 착했다. 우리가 얽매여 있는 좁은 동네가 아니라 드넓은 바다와 하늘과 먼 고장을 지향했다.

지금도 그 프로그램이 화제에 오를 때마다, 그 프로그램의 힘으로 살았던 미탕이 떠오른다.

그리고 만화나 만화 영화를 허황되다고 하는 사람들을 도저히 믿을 수 없다. 가공의 인물이 둘도 없는 친구의 생명의 버팀목이 되는 것을 내 눈으로 보았기 때문이다. 그녀에게는 그들의 삶이 현실 속 인간의 삶보다 더 현실이었다.

나는 부모 집에 사는 철부지라서, 여자라기보다 벌레에 가까워서 고등학생이 되도록 몰랐다.

그렇게 피부가 하얗고 몸매가 좋은 미인을 세상이 가만히 놔둘 리 없다는 것을.

어느 밤 맞은편 방에 사는 남자가 난동을 부렸다. 평소에 일도 하지 않고 방에 가만히 틀어박혀 있는 젊은 남자라서 나도 한 번밖에 본 적이 없었다. 그런데 그 밤 그는 온 복도에 오줌을 싸고, 소리를 꽥꽥 지르면서 돌아다니고, 미탕을 덮치려고 문을 쾅쾅 두드렸다. 미탕이 긴 막대기를 대고 문이 부서지지 않게 힘을 주고 있자 밖에 나가 빨랫대가 있는 창문으로 들어오려고 했다. 허술한 자물쇠가 얼마나 버틸지 몰라 어떻게 하면 좋으냐고 전화가 걸려 왔다. 부모보다 먼저 내게 걸었다. 그러나 깊은 밤 여자 혼자 뛰어가 봐야 할 수 있는 게 없다. 남자가 고함을 지르고 창문을 두드리는 소리가 수화기 속에서 쾅쾅 울렸다.

경찰부터 불러!

나는 그렇게 외쳤다. 이미 불러도 되는 상태라고!

그리고 나중에 어떻게 되었는지 꼭 말해 주고.

내가 그렇게 말하는데도 착한 그녀는 망설였다. 그러면 그 사람이 불쌍하잖아.

그녀는 경찰을 불렀고, 그는 연행되었다.

다음 날 가 보니 초췌해진 그녀는 문에 새 자물쇠를 달고 문을 받칠 튼튼한 판자도 갖다 놓았다고 했다. 고타쓰 상판 같은 것이 끼여 있었지만 그 문의 허술함을 보고 나는 경악했다. 이런 문쯤 나도 부수려고 하면 부수겠네 하고 생각했다. 유리 창문에 달린 자물쇠도 형편없는 것이어서 그 남자가 작정하고 힘을 썼다면 쉽게 망가졌을 것이다. 애당초 여자 혼자 사는 방의 창밖에 다른 방 사람들과 같이 사용하는 빨랫대가 있다는 게 말이 안 된다.

경찰이 그를 연행은 해도 청소까지 해 주지는 않는다. 미탕은 남자가 엉망으로 만든 복도와 화장실을 밤중에 혼자 청소했다고 한다.

그녀가 그 방을 떠나고 싶지 않다고 하는 한 어쩔 수 없다. 이사하라는 말을 나는 몇 번이나 삼켰다.

또 한 가지. 조그만 2층 침대 구석에서 그녀가 목숨처럼 아끼는 고양이 인형이 늘 방글방글 웃고 있었다.

그 고양이에게 인사를 안 하거나 장난을 치면 그녀는

정말 울음을 터뜨리고 화를 냈다. 그래서 주위 사람들이 그녀를 무척 놀렸지만 나는 그럴 수 없었다. 그녀의 고독한 밤을 오직 그 고양이 인형의 웃는 얼굴이 가까이에서 지켜 주었다.

훗날 나는 다스칼로스라는 그리스 종교가의 책을 읽었다. 그 책에 병적 사례로 석유램프를 사랑해서 램프를 아내라 부르고, 램프와 섹스를 하고, 잠을 잘 때나 깼을 때나 램프와 평생을 함께하기로 결심한 남자가 등장한다. 이외에는 아무 문제 없는 남자인데 6년 동안이나 램프와 함께했다. 남자의 아버지는 불같이 화를 내며 그 램프를 깨뜨렸다. 남자는 자살했다.

다스칼로스는 사람이 오래도록 한 가지만 머릿속에 그리면 거기에 '엘리멘털'(정령)이 깃들어 실제로 생명이 느껴지는 강한 암시에 걸리는데, 그걸 어떻게 다룰 줄 몰라 그런 짓을 한 아버지 잘못이다, 다른 방법이 있었다고 말한다.

이 사례를 읽고서 나는 미탕의 고양이 인형이 떠올랐다.

그녀에게 그 인형은 물론 성적 대상은 아니었지만 유일한 가족이었다. 사람은 뼈에 사무치도록 고독을 느끼지 않으면 다스칼로스가 말하는 '엘리멘털'을 만들어 낼 만큼 마음의 힘을 사용하지 않는다.

미탕은 얼마나 많은 밤을 두려움에 떨며 지냈을까.

그 남자가 밖에 나갔다가 돌아오는 소리가 들리면 미탕은 아무리 더워도 창문을 꼭꼭 닫았다. 에어컨은 당연히 없다. 화장실에 갈 때도 대중탕에 갈 때도 살며시 문을 열고 복도를 살핀 다음 재빨리 나간다. 돌아오면 바로 문 안쪽을 판자로 막았다.

고양이 인형이 맞아 줄 뿐 아무도 없는 방.

그녀는 그렇게 힘겨운 생활을 힘겹지 않게 느껴 가며 얼마나 계속했을까?

물론 내게도 갖가지 일이 있었다.

실연하고 달려가 잔 적도 있고, 가족 때문에 고민되는

일을 의논하기도 했다. 울어서 일어나지 못해 우리 집에 와서 자 달라고 한 적도 있다.

어느 밤 둘의 집을 잇는 비탈길을, 지금까지 수백 번은 지나다닌 길을 함께 걸을 때 그녀가 말했다.

"네가 대학 다닐 때는 그야 여러 사람과 사귀고 성실하지 않을 때도 있었지만."

그녀의 심각한 말에, 선하고 진지한 눈길에 신나게 놀았던 나는 부끄러웠다.

"그래도 지금은 잘하고 있어. 그리고 무슨 일이 있어도 나는 너를 좋아하고, 믿어."

그리고 내가 "돈이 들어오면 한동안 간사이에서 지내볼까 하는데." 하자

"네가 없으면 도저히 살 수 없어. 나도 이사할래." 하고 바로 말했다.

그건 안 되지, 남자 친구도 있고 하는 일도 있는데. 떨어져 있어도 자주 올게 하고 나는 말했다. 하지만, 하지만 하고 미탕은 불안해했다. 익히 보아 온 하얀 옆얼굴이 정

말 당혹스러워했다. 나는 깜짝 놀랐지만 그래도 그럭저럭 수긍이 갔다. 미탕을 이해할 수 있는 사람이 아주 적으리란 것을.

그런데도 나는 조금 불안해졌다.

많은 사람을 알게 되고 인간관계가 점점 변해 가는 이 시기에 그녀가 여전히 내게만 붙어 있어도 되는 것일까?

그래서 의식적으로 조금 거리를 두려 했는지도 모른다. 또는 일로 바빠서 허덕대는 나를 그녀가 조금 내버려 뒀는지도 모른다.

그녀가 열이 펄펄 끓었을 때 먹을 것을 사 들고 찾아가자 그녀는 2층 침대에 낡은 담요를 덮고 누워 고통스럽게 기침을 했다.

"마실 거나 뭐 필요한 거 사 올까?"

"아무것도 필요 없어. 안 사 와도 되니까 여기 있어."

미탕이 누워 있는 침대 안쪽에는 너덜너덜해졌는데도 방글방글 웃는 고양이 인형이 있었다.

나는 안쓰러워 볼 수가 없어서, 그리고 그녀 남자 친구도 저녁때는 올 테니까 물러가는 게 좋지 싶어서 볼일이 있다고 하고 일어섰다.

그 무렵 훗날 첫 번째 남편이 되는 남자와 그녀 사이에 이미 문제가 있다는 것을 나는 아주 가볍게 여기고 있었다. 그보다는 어쩌면 내가 있어 주기를 바랄지도 모른다는 생각을 나는 하지 못했다.

지금도 내 귓속에

"가지 마. 부탁이야." 하던 그녀의 애처로운 목소리가 남아 있다.

마침내 그 방을 미련 없이 떠난 미탕은 같은 동네에 조금 더 넓은 장소를 빌리고 결혼도 해서 이제는 괜찮을 것 같아 보였다. 꾸준히 아르바이트를 해서 돈을 모았고, 취직 시험에도 단번에 붙었다.

그러나 세상은 그렇게 착하고 올곧고 성실한 그녀를 순순히 받아들이지 않았다. 직장에서는 괴롭힘을 당하고,

남편에게는 모든 면에서 상식적이지 않은 그녀 방식을 지적당하고. 그녀는 점차 지쳐 갔다.

미탕이 폭발해서 좀 이상해졌을 때 얘기를 나는 훗날 본인에게서 들었다. 미탕은 벌써 오래전부터 다른 곳에서 살았는데, 무슨 회사 사무실로 사용되고 있는 그 옛날 방에 들어가 "여기는 내 집이에요, 나가 주세요." 하고 울면서 하소연했다고 한다. 버둥거리며 끌려 나가는 미탕을 라면 가게 아저씨와 아줌마가 두둔해 주었다. 열심히 살던 사람이에요. 착하게 곧잘 살더니 어떻게 된 거야, 미탕 하면서.

나는 그녀가 그런 소동을 피웠다니 믿기지 않았다.

하지만 그녀는 그랬다고 담담하게 말했다.

자기가 한 일을 스스로 인식하고 있다면 괜찮다고 나는 생각했다.

그래도 슬펐다. 이 사람이 그렇게 많은 것을 바랐나? 하는 생각이 들었다. 별거 없잖아. 좋아하는 일을 계속할 수 있고, 살고 싶은 장소에 살 수 있으면 두말하지 않는다. 그저 그뿐인데 왜 이렇게 순탄하지 못한 것일까?

꼭 보고 싶은 프로그램이 있어서 집에 가고 싶다, 그 바람이 이루어지지 않은 경우와 같지 않은가. 그런데 그게 그리 큰 바람일까? 이 세상에는 훨씬 더 터무니없는 사람이 많은데, 조심스럽게 착실하게 살아 온 그녀의 작은 행복은 왜 지켜지지 않는 것일까. 요령이 좀 없었을 뿐인데 왜 이런 일을 당할까. 그런 게 세상이네, 이곳은 이제 우리만의 성이 아니네 하고 생각했다.

그 후에도 갖가지 일이 있었다.

그녀는 그때 남편과 이혼하고 지금은 마음이 맞는 반려와 함께 저금해서 산 멋진 아파트에서 살고 있다. 그 방에서 아주 가깝다. "이 부근을 떠나고 싶지 않았어."라고 했다. 드디어 그녀는 자신이 원하는 것을 자기 힘으로 일궈 냈다. 전화번호도 절대 넘기고 싶지 않다던, 그 방에 있던 전화는 나만의 것이라던 말도 이루어졌다. 인형이, 전화가, 방이 그녀의 '무엇'을 지탱해 주었기에 그렇게 집착하는지 그녀는 말하지 않는다. 외로웠다고도, 힘겨웠다고도 그녀는 한 번도 말하지 않았다.

그녀는 그 이상 아무것도 바라지 않았다. 아이도, 많은 돈도, 경력도, 전혀.

지금은 만나도 예전처럼 끈끈하지는 않다. 무슨 얘기든 허물없이 나누지도 않는다. 피차 밤중에 갑자기 찾아가는 일도, 울면서 달려오는 일도 없다. 가끔 만나면 다른 친구들에 섞여 그냥 얘기하고 차를 마시고는 돌아올 뿐이다. 평소에도 거의 소통이 없다. 메일을 주고받지도 않는다.

그런데도 내 몸에는 늘 들러붙어 함께 지내던 시기가 배어 있다. 세상은 잘 이해하지 못한 이상한 것으로 이어졌던 둘이 둘 사이에서 찾아낸 푸근한 공간을 기억하고 있다.

태어난 동네의 뒷골목을 걷다 보면 옆에서 걸어가는 그녀 몸의 온기가 생생하게 느껴질 때가 있다.

그리고 어렸던 나, 아무것도 모르고 여전히 사람을 돕지 못하는 나, 판단력이 부족했던 나 자신을 책망하고 싶어진다.

하지만 사실은 알고 있다. 내가 취한 행동은 언제나 가혹했지만, 또 항상 그게 최선이었다. 사람은 사람에게 아무것도 해 줄 수 없다. 얘기를 들어 주고, 위로해 주는 것밖에는. 나머지는 각자가 각자의 인생과 마주해 갈 수밖에 없다. 아무리 배려하고 생각해 줘도 하나가 될 수 없다. 언젠가 각자의 생활을 만들어 가야 한다면 너무 깊이 관여하는 것도 죄다. 어쩌면 우리 사이가 너무 깊어져 둘만의 성에 살고 있었는지도 모른다. 무슨 일이 있어도 절대 서로를 버리지 않고, 함께 나락으로 굴러떨어져도 상관하지 않는 세계에. 그런 세계가 한없이 지속될 리는 없다. 그러니 떠나는 것이 옳았다.

그런데 또 다른 나는 지금도 미탕을 생각하며 구슬픈 눈물을 흘리고 있다.

더 잘해 줄걸, 끝까지 가 볼걸 하고.

그 밤으로 돌아갈 수 있다면 내가 경찰에 전화할 것이

다. 그렇게 무서운 사람이 사는 장소에는 낮에만 있어도 되니까 밤에는 매일 우리 집으로 불러 같이 저녁을 먹고 같이 잔다. 그게 안 되면 이사를 해서 같이 살면서 외로움을 걸어 낸다. 고양이 인형에게도 멋진 침대를 사 주고 언제까지나 웃을 수 있게 한다.

힘겨운 일이 겹쳐 길바닥에서 소동을 피운 그때에는 어디에 있든 달려간다.

"맞아요, 이 방은 이 사람 거라고요. 겨우 이 방 하나가 이 사람 장소라고요. 이 사람, 혼자서 열심히 살아왔어요, 이 사람을 위해 하나밖에 없는 장소를 돌려주세요!"

같이 울부짖고, 같이 라면 가게 아저씨를 따라간다.

분주함과 수치스러움과 체면과 조심스러움과 앞날에 대한 예측 그 전부를 떨어낸 곳에 있는, 마지막 남은 나의 핵에 있는 선함, 이 마음속에 있는 확고한 빛으로 너를 대해 주지 못해서 정말 미안해.

내가 모자랐어, 언제나.

그렇게 말하면서 내 안에 있는 또 다른 나는 늘 후회하고 있다.

세상에 완전히 적응한 나는 미탕도 잘 아는 어느 친구의 결혼식에서 오랜만에 그녀를 만났다. 젊었을 때처럼 귀여운 옷을 입은 미탕은 건강하고 여전히 착실해 보였다.

옆자리에 앉은 사람에게도 "죄송하지만 신부 미키코 씨와 어떤 관계세요? 저는 초등학교 동창이에요. 지금은 이런 일을 하는, ○○라고 합니다. 잘 부탁드립니다." 하고 말했다.

옛날과 똑같은 그 착실함을 그녀에게 애정이 있는 친구들은 놀리지 않았다.

돌아가는 길에 2차에는 참석하지 못한다고 하자 치근덕거리는 남자가 있었다.

"아이, 2차 같이 갑시다. 잠깐은 갈 수 있잖아요. 얘기도 나누고 싶은데 딱 삼십 분만이라도."

나는 이제 완연한 어른이라서 아무렇지 않았고, 또 적당히 대처하고 있었다.

음, 가도 좋기는 한데 집에 가서 할 일도 있고, 선약도 있고, 장소도 가깝지 않고, 아무래도 가 봐야겠네요. 저기 저 친구, 아직 독신이니까 잘해 봐요!

끈덕지게 잡는 그의 말에 그렇게 응수하고 있었다.

납치할 것도 아니니까 가면 그만이고 아무 문제 없다.

그런데 하늘하늘 레이스 달린 옷을 입은 미탕이 씩씩거리며 다가와 그 남자에게 말했다.

"가고 싶다고 하잖아요. 할 일이 있다고. 싫다는 사람을 붙잡는 것은 좋지 않은 일이에요. 이제 그만하세요."

그 진지함에 남자는 뒤로 물러났다.

"뒷일은 내게 맡기고 너는 가. 기다리는 사람이 있잖아. 괜찮아, 내가 설득할게."

고마워, 하지만 이렇게까지⋯⋯ 하면서 남자와 얼굴을 마주 보았지만, 앞뒤 없이 진지하고 친절한 미탕에게 나는 감격하고 말았다.

언제나 내가 그녀 보호 속에 있었네, 지금도 여전히 지켜 주고 있는 거네, 미탕. 그렇게 생각했지만 말은 하지 않았다.

사람들은 너를 이해하지 못해도, 떨어져 있어도 나는 너를 평생 이해할게. 네가 없었으면 나는 어른이 되지 못했을 거야. 정말 고마워.

각자의 이마와노 기요시로[2]

개인사에 관한 기억이라 미묘하게 다른 점이 있다면 죄송합니다.

내가 RC섹션의 라이브를 처음 본 것은 열여덟 살 때였다. 엄청나게 좋았는데 기요시로는 안절부절못했다. 그 불안정함이 젊은이들의 환호를 샀으리라고 생각한다.

학생 시절에 깡마른 여자가 쫓아다녀서 「깡마른 여자」라는 곡을 작곡했다는 얘기를 듣고서 '심하네! ……그래

---

2 이마와노 기요시로(1951~2009), 록 뮤지션. 1968년 록밴드 RC섹션을 결성했다.

도 재미있는데.' 하고 생각했다.

내 마음에 그의 목소리가 처음 스민 것은 RC섹션의 앨범 「OK」 때였다. 나는 이 앨범의 가사에 뭐라 말할 수 없이 감동하고 또 큰 위로를 받았다. 간이 망가졌는데 한방과 침 등 한방 의약과 자가 치료로 목숨을 건지고 결혼한 격동의 시대에 그가 작곡한 곡은 대개 상당히 어두웠다. 나로서는 인생 최대의 실연을 겪었던 그해, 그의 목소리와 가사가 고스란히 나로 여겨졌다.

자기에게 취하지 않고, 얼버무리지도 않고, 고통스러워하면서도 유머를 잃지 않은 그는 내가 생각하는 '진지함'이라는 개념을 전부 체현하고 있었다. 그 무렵부터 그의 얼굴이 여유로워졌다. 그리고 목소리도 한결 좋아져 그가 노래하면 노래에 생명이 깃들었다.

그는 레코드 회사의 처우에 격분, 이탈하고 난 다음의 라이브에서 그 분노를 드러냈다. 아이가 태어나고, 영국에 심취하고, 원자력 발전에 대해 노래하고, 언제 어떤 때든 타이머를 지니고 다니는 타이머즈 밴드도 하고, 「이메진」

을 노래하고, 나팔고둥을 불고, 블루스를 노래하고, 자전거를 타고, 병에 걸리고, 부활하고, 재발해서 죽었다. 생각하면 바로 실행하는 힘에 진정한 펑크를 느꼈고, 록이란 이런 삶이라는 걸 배웠다.

그는 점점 위대해졌고, 상상이 안 될 만큼 멋진 곡을 수도 없이 만들었다. 그가 노래하는 긍정성은 경박하지 않고, 그의 언어는 인생에서 우러나온 것이었다. 대필 작가가 있는 책에는 대필 작가에게 고맙다는 헌사를 썼고, 어쿠스틱 밴드 BEGIN과 함께 무대에 오를 때는 오키나와 알로하 셔츠를 슬쩍 걸쳤고, 암이 재발되었을 때에는 "다시 한번 말하지, 꿈을 잊지 말라고." 라고 말했다. 그것이 그의 삶의 방식이었다.

사랑에 빠져 바닷가에 가면 내 머릿속에는 「해변의 와인딩 로드」를 부르는 그의 목소리가 흘러, '이제 너를 지금까지 보던 대로는 볼 수 없어' 하고 생각했다. 권력에 굴복해 분할 때에는 '짧은 이 인생에서 가장 중요한 것, 그건 나의 자유!' 하고 노래하면 속이 풀렸다. 다마란 언덕

길을 지날 때마다 「거의 다 올라가면 있는 아파트」의 창문과 '너의 입을 닮은 달님'을 생각한다. 연말이 다가오면 「달링 미싱」, 밤새워 설날에 입을 빨간 코듀로이 바지를 만드는 누군가를 생각한다. 손을 흔들어 무대에서 사라지는 그를 배웅하는 팬을 보면 「아웃사이더」를 생각한다. '춤추면 흔들리는 가슴에 뿌리는 슬픔 어느 정도인지 나는 몰라.' 운 없는 아들을 보면 「럭키 보이」를 기도하듯 읊조린다. 한겨울 바람 속에 남편이 멋진 말을 해서 둘이 마주 보고 웃을 때는 「아이디어」가 흐르는 듯하다. '빛이 비쳤나 했어, 잘되면 행운, 그런 멋진 아이디어……'

꼽자면 끝이 없다, 얼마나 영향을 크게 받았는지. 이렇게 속임수가 많은 세상에서, 속임수를 쓰는 어른을 보고 자란 우리가 기요시로에게 얼마나 큰 위로를 받았는지. 진실되게 살면서 작품을 창조하는 것이 얼마나 의미 있는 일인지를 배웠다.

나는 당신의 팬들과 같은 장소에 있습니다. 아무리 나이를 먹어도 말과 행동이 달라 독자를 불쾌하게 만드는 일은 절대 하지 않겠어요. 미움을 사거나 싫다는 사람이 있어도 솔직할게요. 그리고 언제까지나 바보처럼 자유로운 꿈을 꾸겠어요. 당신을 절대 잊지 않아요. 피와 살이 되었으니 잊을 수 없지요. 정말 고맙습니다, 기요시로 씨.

기요시로가 없다

기요시로가 세상을 뜬 후 차보 씨(나카이도 레이치)의 멋진 인터뷰를 읽고 거의 통곡하다시피 했다. 완전부활제[3] DVD를 평소처럼 보고는 항암제 때문에 빠진 머리칼이 점차 새로 돋아나 원래 머리 스타일이 된 장면, 그 가장 기뻤던 장면이 지금은 가장 애처로운 장면이 되고 말아 또 울었는데 왜였을까?

라이브 곡이 시작되면 나는 함께 노래하고 춤추다 나

---

3 완전부활제. 2008년 2월 암을 딛고 일어나 활동을 재개하며 가진 공연을 담은 라이브 앨범.

도 모르게 웃는다.

내가 그냥 바보라서만은 아니라고 생각한다.

'어? 죽었다는 걸 잊었네, 그렇구나, 살아 있어서 그러네, 노래의 생명은 절대 죽지 않네.' 하고 새삼스럽게 생각한다. 기요시로의 노랫말은 언제나 경박하거나 유치하지 않고 긍정적이었다는 것을 지금에야 제대로 깨닫는다.

아무래도 상태가 좋지 않다는 소문을 들은 후로는 늘 각오하고 있었는데, 기요시로의 새로운 활동을 볼 수 없는 지금 얼마나 강렬한 영향을 받았는지 새롭게 인식할 뿐이다. 아직도 믿기지 않는다. 그가 그냥 살아만 있어도 좋았다. 다음에 그가 뭘 할지, 뭘 어떻게 느낄지를 줄곧 추적했던 나.

어떤 면을 가장 존경했나. 무엇에도 자기를 넘겨주지 않고, 어디에도 속하지 않고, 누구에게도 굽실거리지 않고, 반드시 자기 눈으로 판단하고, 유머를 잊지 않고, 직감에 따라 유연하게 변화하고, 늘 새로운 노래를 짓고 불렀다는 것.

그의 인생의 여행은 자긍심에 차고, 인간답고, 그리고 무엇보다 모든 언어를 돈으로 바꾼 마술 같은 목소리를 충분히 살린 것이었다.

나도 그러고 싶고, 그러자고 생각한다.

진부한 말이지만 노래는 죽지 않는다. 기요시로는 이제 없다. 가족을 위한, 친구를 위한 그는 이제 사라졌다. 그러나 노래는 살아 있다.

우리는 그의 인생을 본받을 수 있다. 그에게 부끄럽지 않을 폼 나는 인생을 살 수 있다. 지금까지 그가 폼 나지 않는다고 생각한 것은 내게도 폼 나지 않는 것이었다. 정의는 할 수 없다, 분위기라고밖에 표현하지 못한다. 그저 살 뿐이다. 내가 정말 폼 난다고 생각하면서 무리를 해 가며 해 왔던 것을 그 역시 폼 난다고 여길 것이라고 생각한다. 도저히 어떻게 할 수 없을 때 아직 살아 있는 그 노래를 부르며 없는 기운을 쥐어짜서라도 걸어가자.

그렇게밖에 할 수 없으니 정말, 그렇게 하자.

이리저리 내몰리기보다 너의 알몸을 보고 싶군

이리저리 내몰리는 인생 너의 알몸을 보고 싶군

서두르고는 있지만 괜찮아 릴랙스하게 해 준다면

　　　　　　　—「DIGITAL REVERSE CHILD」에서

마음 맞는 친구는 아주 많아

지금은 모를 뿐

거리에서 스쳐만 지나도

알게 될 거야

　　　　　　　—「알아줄 거야」에서

건넜어

열여덟 살 때 혹독한 실연을 겪었다. 여러 가지 좋지 않은 상황이 겹쳤고, 설마설마하는 상태에서 나는 열여섯 살 때부터 몰래 사귀어 온 그를 엉뚱한 여자에게 빼앗기고 말았다.

그 무렵 이마와노 기요시로 씨는 간 건강을 해쳐 나을 수 없다는 의사의 진단을 받고 하와이에 가서 「OK」라는 무지하게 어두운 앨범을 녹음했다.

그의 목소리에는 절망과 나락에서 본 경치, 실낱같은 희망이 담겨 있었다. 인터뷰에서도 그는 말했다. 외출을

여행 아닌 여행기

거의 하지 않았던 하와이에서의 녹음에 대해. 좋지 않은 건강과 이 앨범이 어두운 이유가 생생하게 전해지는 듯했다. 잘나가는데도 욕실이 없는 생활, 마약, 무질서한 식생활, 그런 요인들이 그를 나쁜 상태로 내몰아 몸 전체에 여파가 미쳤을 것이다.

나는 「무덤」이라는 곡을, 그 절실한 목소리를 수도 없이 속이 메스꺼워질 정도로 들었고, 또 불렀다.

그랬더니 점차 헤어났다.

다른 누구의 어떤 곡도 내게는 부족했다. 군더더기 하나 없는 가사와 그 곡만이 나를 구원해 주었다.

기요시로 역시 재기했다. 결혼하고, 한방으로 간을 치료했다.

그리고 그때부터 그전보다 훨씬 더 엄청난 가사와 곡을 지었다.

　　무덤

내 사랑은 두 번 다시 불타오르지 않아 내 마음은 식어 버렸어 식어 버렸어 식어 버렸어

너무도 큰 실망에 내 눈이 바뀌고 말았어 내 마음이 바뀌고 말았어 내 머리가 바뀌고 말았어 바뀌고 말았어 바뀌고 말았어

내 그 사람은 두 번 다시 돌아오지 않아 나는 마음을 닫고 말았어 닫고 말았어 닫고 말았어

너무도 괴로웠던 날들에 내 이 눈이 바뀌고 말았어 내 마음이 바뀌고 말았어

내 머리가 바뀌고 말았어 바뀌고 말았어

너무도 차가웠던 이별에 내 모든 것이 바뀌고 말았어 바뀌고 말았어 바뀌고 말았어

나는 그 거리에 두 번 다시 가지 않을 거야 내 마음이 죽은 곳이야 내 무덤이 있는 곳이야

그리고 나는 소설가가 되었다.

갑자기 유명해져 쓰레기통을 뒤지던 사람, 길 가던 사람이 손가락으로 나를 가리키게 되었다. 내 편은 거의 없었다. 내 편이 있어도 나는 그들을 알아볼 만큼 차분하지 않았다. 미칠 것 같았다.

돈은 들어왔지만 세금으로 거의 빠져나갔고, 그런데도 빚 독촉이 끊이지 않았다. 스물다섯밖에 안 된 내게 동업자와 편집자는 노골적으로 질투를 드러냈다. 대놓고 바보 취급하고, 매도하고, 추어올렸다가 메쳤다. 나는 관대한 사람이 못 되어서 그 시절 나를 심하게 대한 놈들을 절대 용서하지 않았다. 지금의 나 같으면 맞붙어 싸우겠지만 그때는 체력과 기력이 극도로 떨어져 그저 흘려들었다. 그래서 또 스트레스가 쌓였다. 어디서도 쉴 수 없었다.

뒤집어 말하면 그 시절에 부모 마음으로 나를 대해 준 사람은 평생 잊지 않는다. 피폐했던 나는 당연히 가족과도 잘 지내지 못했고, 친구들은 거의 모두 떠나갔다.

기요시로는 「10년 지우개」의 후기에서 이렇게 말한다.

나 같은 블루스 맨이 하는 일은 여기저기 무대에서 노래하고, 내키면 곡과 가사를 쓰고, 그다음은 여자와 꽁냥꽁냥. 10년은 한 옛날이다 뭐다 하지만 옛날부터 그 반복.

언제였나, 주위의 의견이 달라졌지, 나에 대한 평가가 말이야. 싹 달라졌어. 나는 정체를 알 수 없는 불길한 놈이었는데 하루아침에 예술적인 놈이라는 거야, 인기도 있고 말이지. 돈도 엄청나게 들어와서 내가 좋아하는 차도 샀어. 지금은 모두들 내게 굽실거리지. 평소 잘 쓰지 않는 존댓말을 쓰는 놈도 많아, 대답하기 힘들게 말이야.

그런데 말이지, 나는 변함없이 적당히 내 멋대로야. 일일이 태도를 바꾸기가 귀찮아서 말이지.

당시의 나는 그 부분을 외다시피 했다. 그 정도로 공감했고, 나만 이런 생각을 하는 게 아니구나 했다. 그리고 앞으로도 그냥 적당 노선으로 지내자고 생각했다. 여러 사람에게, 여러 가지로 혼났다. 존댓말이 엉성하다, 건방지다, 돈이 너무 많다, 인기가 넘친다, 오만하다, 겸손할

여행 아닌 여행기

줄 알아라 등등.

그런 말 따위는 아무래도 상관없었다. 이 말이 있으면 충분하다고 생각했다.

나는 혼자 수많은 강을 건넜어.

그럴 때마다 많은 것을 잃었지.

하지만 나 자신만은 잃지 않았고, 나 말고도 혼자 강을 건너는 사람이 있다고 나 스스로를 격려했어.

건넜어(강을 건넜어)

나는 강을 건넜어 Oh 건넜어 어둔 밤의 강을 건넜어 강을 건넜어

흙탕물도 마시고 빠질 뻔했다가 구조되기도 하고 응 나는 강을 건넜어

나는 생각이 달라졌어 Oh 달라졌어 강을 몇이나 건넜어

건넜어 나는 건넜어

저편 강가에 있는 놈들은 또 뭐라뭐라 말이 많지
'그놈 달라졌어.' 그래 나는 강을 또 건넜어

왜? 너랑 건너고 싶었어

나는 강을 건넜어 Oh 건넜어 차갑고 물살 급한 강을 건
넜어 강을 건넜어

변명하고 요리조리 피하고 포기도 할까 하면서 그렇게 나
는 강을 또 건넜어

왜? 너랑 건너고 싶었어 왜? 너랑 건너고 싶었어
강을 건넜어 어젯밤에도 강을 건넜어 어젯밤에도

기요시로의 노래는 점점 깊어지고, 그가 노래하면 노래

에서 생명이 흘러나왔다. 아이들이 태어나면서 기요시로는 점점 얼굴이 부드러워졌다. 나팔고둥을 불면서, 자전거를 타면서 기요시로는 언제나 자유를 보고 있었다.

암이 재발되었을 때도 "다시 한번 말하지, 꿈을 잊지 말라고!"라고 말했다.

이렇게 진심 담긴 말을 들으면, 진심으로 받아들이고 살아갈 수밖에 없다.

그는 한 번도 진지한 척하지 않았고, 늘 사람을 웃기는 것처럼 보였지만, 그것이야말로 록이라고 생각한다. 그리고 언제나 진지했다. 즐겁게 살았다. 그에게 받은 것을 팬의 한 명으로 끝까지 꼭 안고 가리라고 생각한다.

가와이 선생님 감사합니다

"고뇌에 크고 작은 크기는 없어요. 내게는 모두 소중한 고뇌지요."

가와이 선생은 이 말씀을 자주 하셨다.

그 지위에 그렇게 많은 업적을 쌓았는데도 어떻게 이런 말을 할 수 있을까? 하고 나는 내심 감동했다. 나는 못할 것 같은데, 이 말은 가와이 선생이 지닌 보물 같은 것이라고 느꼈다.

입으로만 그렇게 말하거나 남 듣기 좋으라고 그냥 그렇게 말하는 사람은 있을 수도 있다. 그러나 가와이 선생은 정말 그렇게 생각하기에 그렇게 말한다는 게 전해진다. 이 건 진짜예요! 하고 힘주어 말하는 게 아니라 너무도 자연 스럽게 나오니 평상시 생각이 그런 것이다.

오래도록 현장에서 내담자와 상담을 하다 보면 마음속 으로 '대개 패턴은 알았으니 작은 고뇌는 연구원이나 조 수에게 맡기고 나는 좀 더 큰 고뇌를 다뤄야지, 그럴 수 준도 되고 말이야.' 하고 생각하기 쉽지 않을까 했다.

그런데 가와이 선생은 달랐다. 내담자의 마음을 풀어 야 히는 수수께끼처럼 가벼이 여기지 않고, 차별 없이, 일 이라고 치부하지도 않고, 시간의 흐름과 함께 타성에 물 들지도 않고 아주 자연스럽게 그렇게 말한다.

또 "고쳐야겠다고 생각하면 사실 아무것도 하지 못하니 까 어깨에 힘을 빼고 컨디션 조절을 해 놓는 수밖에 없다." 라는 말씀도 거듭 하셨다. "자만에 빠질 만할 때면 그걸 막는 멋진 사람이 반드시 나타나요." 하는 말씀도 했다.

나 같으면 자칫 "엄청난 내담자가 온다." 하거나 "부담

되는 사람이 온다." 하고 말할 것 같다. 그런데 그는 조금
도 의식하지 않고 '멋진 사람'이라고 말했다.

두 가지 말만으로도 그의 위대함은 충분히 드러나지
않나 싶다.

가와이 선생은 내 소설을 꽤 열심히 읽어 주시는 독자
이기도 하다.

몇 번이나 큼지막하고 정감 있는 글자로 꼼꼼하게 감
상을 써서 팩스로 보내 주셨다. 내가 임신 중에 쓴 『하고
로모』[4]라는 소설을 무척 좋아하셔서 마치 중학교 다니는
남자아이처럼 솔직하게 쓴 감상을 보내 주신 일이 마음
깊이 남아 있다. 내 소설 중에서도 각별히 고운 마음가짐
으로 거짓 없이 쓴 소설이었다. 늘 삐딱하게 사고하는 내
게 흔치 않은 소설이었다. 임신 중이라 예민해진 마음에
당시 세상이 너무도 거칠고 삭막해서, 사람이 그 세계 안
에서 오로지 쉴 수 있는 소설을 쓰고 싶었다.

---

4 2003년 발표한 장편소설. 국내에는 아직 번역되지 않음.

답장을 그렇게 쓰지는 않았지만 사실 나는 "이런 소설을 좋다고 해 주신 선생님의 마음이야말로 가장 고결합니다."라고 쓰고 싶었다.

그 나이의 어른으로 수많은 사람의 비틀린 마음과 그 깊은 곳을 들여다보았는데 그렇게 착한 이야기를 받아들일 수 있는 가와이 선생의 혼의 깊이를 더더욱 존경하게 되었다.

대담 전의 대기실에서 잠시라도 시간이 나면 가와이 선생은 당신의 소중한 플루트를 꺼내어 동요를 연주해 주셨다. 정겹기도 하고 가슴이 뭉클해지기도 하는, 티 없고 소박한 소리였다. 피리는 신기한 악기다. 소리 하나에 사람의 성품이 고스란히 드러난다. 절대 숨길 수 없고 얼버무릴 수 없다.

가와이 선생의 소리는 소년처럼 소박하고 조금은 애절하고, 또박또박하고 힘차고 단단했다.

정말 이런 사람이네 하고 생각했다.

그런데 그런 내면과 정반대되는 복잡한 세계에 온몸으로 뛰어든 사람이라니.

우리 아버지가 "가와이 씨는 선하고 좋은 사람이라 인상도 좋아 보이지만 얘기의 핵심에 이르면 눈초리가 아주 매서워지곤 해. 그런 때 역시 이 사람은 정신을 앓고 있는 수많은 사람을 접해 온 무서운 사람이라는 생각이 들지." 하고 말한 적이 있다.

쉽지 않은 일을 오래해 온 역사 속에서 가와이 선생이 잃은 것도 많으리라. 그런데도 그의 중심에 있는 강함과 소박함은 절대 훼손되지 않았다.

몇 번 만나 뵙지 않았는데도 추억이 참 많다.

친구의 아틀리에가 있는 교토의 오래된 상가에서 촬영하며 함께 떡을 구워 먹었던 일. 숯불에 떡을 굽는 푸근한 정경과 이렇게 먹는 게 가장 맛있다고 얘기했던 것. 그 후에 가와이 선생이 친구가 직접 제작한 벤치에서 꾸벅꾸벅 잠이 들어 모두 목소리를 죽이고 조금이라도 주무시게 하려고 했던 기억. 눈을 뜨시고는 "아뿔싸, 이거 애인 집에서 잠이 들고 말았군." 하고 쑥스러워하시다 우산을 두고 돌아가신 것.

"우리 집에서는 내가 나오는 텔레비전 프로그램을 가족이 보고 있으면 아들이 '이 집은 참 이상하네. 손자가 나오는 비디오를 가족 모두가 보는 게 보통인데 할아버지가 나오는 프로그램을 손자가 보고 있잖아.' 합니다." 하면서 벙실거렸던 일.

정치가에 대해서는 "정치란 게 출신 대학의 연대가 중요하잖아요. 가족보다 훨씬 중요시하는 것 같아, 대학에 불과한데." 하며 웃으셨던 일. 그리고 검은 차가 모시러 왔을 때는 싱글거리며 올라타고는 "이런 차까지 따라붙게 되었군요." 하며 돌아가셨던 일.

남자는 나이가 몇 살이든 폼 나길 원하고, 새로운 것을 하고 싶어 하고 새로운 자신을 발견하고 싶어 하며, 타인의 기대와 바람도 예상할 수 있는 범위 안에는 머물고 싶어 하지 않는다는 생각을 갖고서 내심 가와이 선생의 건강을 염려하면서 '그렇게 바쁜 일은 이제 그만 접고 집필에 전념하는 게 좋을 나이인데, 충분히 일했는데.' 하고 생각했던 자신이 부끄러웠다. 가와이 선생은 진취적으로 새로운 일을 시도하면서 그 도중에 세상을 떠나셨다. 당신 스스로 그러기를 원하신 것이리라.

긴 세월 함께 살던 남자 친구와 헤어지고 지금 남편이 된 사람의 집으로 가출해 있던 기간에 가와이 선생을 만나 대담할 기회가 있었다. 내가 가장 약했던 시기였다. 비 오는 날 산 위에 있는 호텔에서 식사를 하며 대담하는 자리였다. 우울하고, 식욕도 없고, 머릿속은 혼란스럽고, 남자 친구는 좀 이상해져서 머리가 원망으로 꽉 차 있었다. 나는 너무 지친 나머지 앞으로는 좋은 일도 하나 없고 모든 게 허망할 듯한 기분이었다.

내 멍청한 말에 평소 같으면 "그건 무슨 뜻이지?" 하고 집요하게 따져 물었을 가와이 선생은 내가 대담을 제대로 하기도 벅찰 만큼 약한 상태라는 것을 낯빛과 느낌으로

여행 아닌 여행기

간파하셨는지 그날은 한 번도 다그치지 않고 내내 푸근하게 대해 주셨다. 그리고 무슨 이유인지 사이가 무척 좋았는데 그때 막 헤어진 어느 커플에 대해 말씀하셨다. 둘 다 잘 아는 커플이었다.

"그렇게 서로를 좋아하면, 너무 좋아하면 같이 사는 건 힘들지. 결혼도 힘들고. 공개적으로 말할 수는 없지만."

내 마음에 평생 남을 만큼 옳고 납득이 가는 말이어서 그때 나의 기분에 딱 와닿았다.

우연이야 하고 가와이 선생은 웃으시리라. 하지만 우연이 아니지 않을까 하고 나는 지금도 생각한다.

그때 나는 뭔가 커다란 것의 품에 안긴 듯한, 지금은 괴로워도 곧 모든 것이 잘 풀릴 듯한 그런 기분이 들었다.

그 후 무사히 결혼해 아이까지 낳은 나는 가와이 선생이 쓰러지시던 날 빨래를 널고 있다가 가와이 선생이 떠올랐다. 왜 그랬는지 그날 가와이 선생의 모습이 그냥 떠올랐다. 애써 위로를 해주신 것도 얘기를 들어 주신 것도 아닌데 나는 어쩌면 그렇게 치유될 수 있었을까 하고 생각했다. 누가 내게 해 준 일 중에서도 상당히 멋진 일이었네 하고.

그런 다음 바로 슬픈 소식을 들었다. 끝내 이런 날이 오고야 말았네 하고는 오직 회복을 염원했다. 가와이 선생이 "요시모토 씨, 그게 말이야, 아주 힘들었어." 하고 웃으면서 돌아올 날을 기다렸지만 그 꿈은 이루어지지 않았다. 그날 불쑥 가와이 선생이 떠올랐던 것은 그때 선생이 나를 만나러 와 주셔서가 아니었을까, 그렇게 믿고 싶다.

그리고 우리 모두가 가와이 선생을 따르고, 보내 드리고 싶지 않고, 발을 동동 구르는 심정으로 이 세상에 좀 더 계시기를 바라서 그길로 바로 떠나지 않으셨다고 생각한다. 모두가 시간을 두고 천천히 포기할 수 있기를 바라지 않으셨을까. 남자로서 공격적으로 일할 때가 아니면 늘 당신보다 타인을 생각한, 다소곳이 핀 들꽃 같은 사람이었다.

위대한 업적을 남긴 것은 물론 훌륭한 일이지만 주어진 일을 소중히 여기고, 사람을 절대 소홀히 하지 않고,

여행 아닌 여행기

가족과 친구와 일을 당당하게 사랑하면서 인생을 살아온 사람이 이 시대에 분명히 존재했다는 사실이 무엇보다 엄청난 일이라고 생각한다.

3

정말 이상한 세상이 되고 말았다.
하지만 나는 여기서 살아간다.
일본이 평화롭고 아름다운 환경이 되고
사람들이 소박한 가치관으로 살 수 있는
장소가 되기를 바라면서.

당연한 일

나라에 사는 친구 집 마당에 멋진 밭이 있다.

갖가지 채소가 정연하게 자리 잡고 각자의 모양으로 쑥쑥 크고 있다.

그 자리에서 뽑아 준 아스파라거스를 집에 가져왔는데 여전히 싱싱했다. 살짝 데쳤더니 예쁜 초록색으로 변했다.

지금 후쿠시마나 그 근처 지역, 치바나 도쿄의 채소와 물고기는 오염되었다. 그 여파가 얼마나 멀리까지 미칠지는 모르지만 사람이 지구에 태어나 가장 중요한 것, 그리고 당연한 것을 할 수 없게 되었다.

아침에 일어나 창문을 활짝 열고 아침 햇살과 바람을 맞는다.

물을 꿀꺽꿀꺽 마셔 갈증을 해소한다.

바다에서 헤엄치며 물에 잠기고 바다 내음을 즐긴다.

낚시를 해서 고마운 마음으로 맛있게 먹는다.

허브와 채소를 따서 그 자리에서 바로 먹는다.

흙을 일구고 그 온기를 만끽한다.

흙탕에서 마음껏 뒹굴며 논다.

뭐 하나 할 수 없는데 살아 있다고 할 수 있을까? 하는 생각이 들 수밖에 없다.

의미 있는 일보다, 매일의 사색보다, 인간이 인간임은 그런 일을 자유롭게 할 수 있어서가 아닌가.

우리 개는 피부가 약해서 이른 여름 산책을 할 때면 본능적으로 온 동네에 있는 어성초를 조금씩 먹으며 스스로 치료한다. 산책길에는 어성초가 돋은 곳이 여러 군데 있어 그곳을 돌면서 오물오물 뜯어 먹곤 하는데 올해는 그럴 수 없다. 안 돼 하고 막으면 개는 왜 그러지? 하는 표정을 짓는다.

이렇게 예쁘게 핀 하얀 꽃, 싱그럽게 햇살을 받고 있는 초록색, 왜 먹으면 안 되는데? 그렇게 물으면 대답할 말이 없다. 정말 슬프다.

장미꽃

3월인데 도쿄는 어이없으리만큼 추웠다.

눈이라도 내릴 듯하다. 집 안에서도 내쉬는 숨이 하얗다.

정전을 고려해 난방도 거의 틀지 않고 불도 끄고 지냈
다. 여진이 또 올 수 있으니 촛불을 켤 수도 없다. 조그만
스탠드만 켜 놓고 집 안에서도 코트를 입고 지냈다. 낮인
데도 상당히 어두웠다.

훨씬 더 추운 지역에서 집이 무너져 오갈 데 없는 사람
들이 떠올랐지만 알지도 못하는 사람들을 너무 생각하면
안 될 것 같았다. 늘 자신이 생각할 수 있는 사람을 최대

한 생각할 수밖에 없다고 여기기 때문이다. 각자가 지닌 분량이 있다. 그 사람이 감당해야 하는 연이 있다. 연이 닿으면 지체 없이 움직이지만 그렇지 않을 때는 굳이 생각하지 않는다.

하지만 많은 사람의 인생이 어느 시점에 갑자기 끝났다는 사실에는 큰 충격을 받았다. 충격이 너무 커서 오히려 마음이 가라앉아, 진혼의 기도를 하면서 그저 가만히 물속에서 올려다보는 것처럼 차가운 창밖을 올려다보았다. 창가 화분에 조금만 장미꽃이 한 송이 빨갛게 피어 있었다. 공장이 가동되지 않아 맑은 하늘을 배경으로 유난히 빨갛게.

꽃가루가 날리든, 황사가 쌓이든, 방사능 물질이 떨어지든 필 날에는 핀다. 살아 있는 동안은 모두 산다.

지난달에 죽은 개를 생각한다. 지진을 싫어했으니 지금 살아 있지 않아 다행인지도 모른다.

죽음은 한 번뿐인데 왜 여러 가지 형태가 있고, 왜 여러 사람이 여러 생각을 하게 되는 것일까.

개가 죽었을 때는 울지 않았는데, 영화 속에서 죽은 개를 데리고 여행을 가겠다며 주검을 안고 걷는 사내아이를 보고는 눈물이 그치지 않았다.

사내아이가 말했다.

"이제 틀렸나 봐, 되살아나지 않아. 점점 더 딱딱해져."

그렇다, 정말 그렇다.

나는 아직 살아 있고, 아직 사랑하는 사람의 따스하고 부드러운 몸을 만질 수 있다.

늦은 오후에 불빛이 거의 없는 어둠 속에서 불안에 떠는 동네 사람들과 모여 볶은 양고기와 빵과 버터를 먹었다. 버터는 사재기로 동이 나 슈퍼에서 팔지 않는다고 하자 친구인 핫짱이 "버터를 좋아해서 실은 집에 여섯 개나 있어." 하고 조금 부끄러워하면서 가져왔다. 모두가 핫짱이 쟁여 놓은 버터에 감사하면서 마음껏 발라 먹었다. 우리 집에 있던 와인과 햄과 쌀과자도 꺼내 놓았다.

어둠 속에서 모두 손을 잡고 먹는 느낌이었다.

그 후로 사랑하는 사람을 마음으로 느끼고 손으로 만

지고 눈으로 보기가 조금 무서워졌다.

다녀오라고 하고서 내보내기가, 또 만나자고 하면서 손을 흔들기가, 포옹을 하기가 조금 무섭다.

그러나 평생 그렇더라도 어쩔 수 없다. 나는 원래 생활로 돌아가고 싶지 않다. 이 경험을 한 나 자신 그대로가 좋다. 무서운 그대로가 좋다.

장미꽃을 보았더니 「장미꽃」 노래가 절로 흥얼거려졌다.

안심한 우리는 여행을 떠나자 한껏 울고 한껏 웃자

지금에 가장 맞지 않는 노래인데 마음에 조금은 자유로운 바람이 불어왔다. 기도는 노래로 변해 하늘에 녹아든다. 그 정도면 된다. 좀 어수룩한 정도.

또 언젠가 모두 함께 웃으면서 빵에 버터를 바르고 싶네, 그 정도 이유로 살아가도.

30년 이야기

지진 발생 이후의 그 뭐라 말할 수 없는 나날을 평생 잊지 못하리라.

전기를 아끼느라 어둡고 추운 방, 모두가 불안에 떨었다. 얼토당토않은 일이 생겼다는 것은 아는데 도쿄는 마치 아무 일도 없는 것처럼 고요하고, 공기 중에는 모든 사람들의 공포와 기도만이 떠돌았다.

밤이 오면 어두워서 아무것도 할 수 없는데 텔레비전에서는 암울한 뉴스만 흘러나와 보고 싶지 않았다. 책이

여행 아닌 여행기

나 읽을까 싶어 읽은 미야모토 데루 씨의 『30광년의 별들』이 마음에 쏙쏙 스몄다. 빚을 지고 절망에 찬 극빈한 생활, 그런데 사람과의 인연이 찾아와 주인공은 점차 재기한다.

새로 생긴 친구가 집에 들어와 같이 살게 되자 환영의 뜻으로 포토푀를 만들고, 인생의 스승들에게 질책을 듣기도 하고 소중한 조언을 듣기도 하고, 한편 그들을 위해 운전을 하고 일상의 편의를 봐주고, 그런 가운데 얻는 작은 즐거움이 주인공의 인생에 씨앗을 뿌리기 시작한다.

그 씨앗이 움트고 자라나는 흐름 속에서 몇 번이나 키워드로 '30년 앞의 자신', '30년 동안 무언가를 계속하는 것'이라는 말이 등장한다.

어느 고장에 살면서, 꾸준하게 뭔가를 하고 다양한 것을 배우면서, 사람과의 관계도 성장하고, 그렇게 30년이 지나 겨우 결실을 맺고, 그 결실을 또 젊은 사람들에게 이어 가는…… 얼마 전까지는 그런 흐름이 인생이었다.

시대가 점점 바뀌어 가속만 생각하게 된 우리는 새로

운 것만 좇다가 인생을 소모하지는 않았을까. 포화 상태
가 된 것은 아닐까. 앞으로 앞으로, 조금 더 앞으로, 조금
이라도 더 많이 하고 생각하지는 않았을까.

내일의 물도 전기도 공기도 위험할 수 있는 상황에서
차분하게, 반복되는 일상의 성가신 행위와 결과가 바로
나오지 않는 일을 열심히 해 나가는 주인공의 이야기가
나의 토대를 뿌리부터 치유하고 영양을 주었다.

이는 미야모토 씨가 오랜 세월에 걸쳐 쓴 것을 아랫사
람들에게 정직하게 건네주었기 때문이라고 생각한다. 이
소설은 물론 픽션이고, 현실은 그렇게 만만하지 않으니
소설을 읽어 뭐 하랴 하고 쉽게 말할 수 있다. 그러나 미
야모토 씨가 지닌 집요함과 건전함을 포함한 생명력 넘치
는 인간미는 지진으로 황량해진 내 마음을 감싸 주었고,
독서라는 꿈의 세계로 데려다주었다. 나는 타인의 인생
속에서 휴식을 취하고 30년 앞을 상상했다.

소설에는 의미가 있다. 전자책이든 종이책이든 관계없

다. 사람이 사람에게 전하는 이야기에는 뭔가 근원적인 것이 있기 때문이다. 그런 생각에 이 일을 20년 계속해온 나 자신에게 따스한 기분을 품을 수 있었다.

절전으로 어두운 도쿄는 내 어린 시절의 도쿄와 비슷했다.

나는 도호쿠 지방 사람들에게 생긴 일을 슬퍼하며 할 수 있는 일은 하자고 결의하면서도 내 인생을 다시 세울 날을 생각했다.

지진 발생 후의 어느 날 나는 사람이 나다니지 않는 도쿄의 어두컴컴한 카페에서 뿌연 유리창 너머로 방사능 물질이 섞였을 비에 젖은 거리를 내다보았다. 그런 상황인데도 주위에 있는 사람들의 얼굴이 공통된 감정에 젖어 있다는 것을 말하지 않아도 느꼈다.

"오늘 만나 다행이네. 하지만 언제 또 만날 수 있을지. 그러니까 오늘 만난 걸 기뻐해야지."

그런 모습을 보면서 가슴에 피어오른 작은 희망의 불

빛을 느꼈다. 거리가 그렇게 밝지 않아도, 사람이 그렇게 많이 오가지 않아도, 일을 죽어라 하지 않아도 되지 않았을까, 살아 있다는 것은.

인생은 그런 작은 일에서부터 싹터 간다. 30년 후의 나는 이미 나이가 상당하겠지만 살아 소설을 쓰고 있다면 더없이 좋겠다. 만약 살아 있다면 이렇게 어둔 일본에서도 빛을 봤던 오늘을 떠올리자, 그리고 아무도 돌아보지 않는 거리 한 모퉁이에서 남몰래 포토퓌를 만들어 친구들을 환영했던 그 주인공도 잠시 생각하자, 마치 친구를 떠올리듯.

지진 피해로 바뀐 것과 그 후에 읽은 것

트라우마 같은 것이라고 생각한다. 별로 좋지 않은 상태일지도 모르지만 시간 감각이 아직 흐릿하다. 꿈속에서 본 장면을 현실이라고 생각하고, 그제 일을 1년 전쯤이라고 여긴다. 이거, 드디어 때가 온 건가, 나도. 몇 번이나 그런 생각이 들었지만 그럼 어때 하는 생각도 했다.

사랑하는 개의 죽음, 지진, 방사능 물질을 피하기 위한 세심한 주의, 가까운 이들의 병과 죽음. 그런 것들을 한꺼번에 경험하고 났더니 누구의 '어느 사람' '어떤 죽음'이 중요한지, 그렇지 않은지 혼란스러워지고 말았다. 이는 절대 해일이나 원자력 발전소와 관련해 목숨을 잃은 사람들을 가벼이 여기려는 발언이 아니다. 정말 뭐가 뭔지 모르겠다. 그 와중에 딱 한 가지 '자신에게는 어떤가.' 하는 점을 축으로 한 생각이 타인에 대한 배려와 통한다는 기본으로 돌아갈 수 있어 다행이라고 느낀다. 그 축을 허무는 것이 곧 어른이 되는 것이라고 착각했는데 그렇지 않다는 것을 확신했다.

지금의 나는 어제 일을 되짚어 생각하는 것만으로도 엄청난 행복감에 젖는다. 즐거웠네, 어제. 그런 식으로 매일을 지낸다. 꽤 힘들었던 하루에 대해서도 그렇게 즐거운 일이 있었다니 꿈만 같다고 생각한다. 이 생각이 '지금 현재가 즐겁다.'에 이르면 신선이 될 텐데, 이 하루의 격차가 크다.

예전에는 싫어했던 시부야의 스크램블 교차로와 북적거리는 백화점에서도 간혹 푸근한 행복감에 젖는다. 집에서 혼자 일에 집중하고 있을 때 가족이 돌아오면 전에는 '아, 지금 한창 쓰고 있는데.'라고 생각했는데 지금은 그렇지 않다. '우와, 돌아와서 다행이네.' 하고 생각한다. 그런 예전의 나는 작년에 죽었다는 생각마저 든다.

하물며 아름다운 자연 속에 있을 때는 너무 황홀하고 행복해서 거의 미칠 듯하다.

여행가이며 에세이스트인 다카노 데루코 씨는 "행복의 허들을 낮추면 행복한 일이 많아진다."라고 말했는데 그야말로 지금 내 행복의 허들은 아주 낮다. 트라우마로 생긴 상처가 예리할수록 이런 현상이 따르리라. 결과적으로 내게 인생은 고마운 것으로 변모한 듯하다. 이런 변화가 어른이 된 후에 생기다니 놀랍다.

지금 상황에서 언제까지 여기 살지는 알 수 없고, 무슨 일이 생겨도 이상하지 않다. 이미 인류의 존속마저 위태로우니 내일이 있을지 어떨지도 모른다. 있으면 정말 다행이다. 그래서 매일이 정말 고맙다. 태양도 비도, 이 세상이 보여 주는 것 모두가 재미나고 고맙다. 지나치게 낙관적인지도 모르지만 정말 그렇게 생각한다.

나는 원래부터 만화를 좋아했지만 만화의 위대함을 더 더욱 알게 되었다.

지진을 전후해서 하기오 모토 씨가 그린 일련의 작품은 순문학도 대적하기 어려운 박력과 해석으로 가득하다. 그림이 있다는 게 이리도 파워풀할 수 있다니 하고 감탄하지 않을 수 없다.

그리고 이가라시 다이스케 씨의 『SARU』를 어쩌다 원자력발전소가 어떻게 될지 몰라 가장 조마조마한 밤에 읽었는데 스토리의 장대함을 살리는 그림의 대단함과 현장감에 압도되어 눈물이 흘렀고, 그 눈물은 마음의 상처를 씻어 내렸다. 내 소설의 거대한 테마는 '우리의 소박하고 불안정한 나날이 세계를 구제하고, 또 창조한다.'인데 바로 그런 테마가 그려져 있어 의욕이 점점 더 불타올랐다.

그 후 사태가 암전될 듯해서 우울하던 시기에 아라키 히로히코 씨의 조조 시리즈 전권을 독파했다. 나이도 비슷하고 하고자 하는 것은 아주 똑같고 호러 마니아라는 점도 같은데 스케일이 너무 다르다. 그래서 길이 갈린 느낌이 들어 Part 3까지 읽고 그만두었다. 그러나 새로 읽은 Part 4에서는 내 소설 『그녀에 대해서』와 똑같은 것을 시도하고 있었다. 무대도 일본의 평범한 거리인 덕분에 갑자기 저자가 가깝게 느껴져 part 7까지 단숨에 읽었다. Part 7과 Part 8에 이르면 세계 수준으로 보아도 일본 사람이 표현할 수 있는 예술의 극한에 도달하지 않았나 싶다. '인간은 최후에는 불쑥 초현실적인 공백 상태가 되어 엄청난 생각을 해낼 가능성이 있다.'라는 테마가 몇 번이나 등장하는데, 그것을 움직이는 힘은 바로 사랑이라는 일관된 자세에 감동한 나머지 어엿한 조조 마니아가 되고 말았다. 그 장대한 작품으로부터 앞으로 인생을 살아가는 데 필요한 무언가를 배운 기분이다.

새 소설의 후기에 사용한 이 말을 나는 앞으로도 인생을 살아가며 몇 번이나 떠올리리라.

당신의 생각에는 희망이 있어 어둠이 아니야 길은 하나뿐이어도

게다가 그 길이 어렴풋하더라도 생각이 있다면 잘 풀릴

거야

　　―「조조의 기묘한 모험」 Part 6 스톤 오션 중에서

인생을 만드는 것

독일 사람들에게

이 글에는 아주 단순한 의견과 다소 과격한 내용이 포함되어 있습니다.

그러나 이는 어디까지나 나 개인…… 오컬트에 경도되어 있고, 히피 운동 속에서 어린 시절을 보낸 이단적 작가이며, 어린아이가 있고, 도쿄에서 태어나고 자란 특수한 주부로서의 내 의견입니다.

절대 어떤 유의 사상이나 계몽을 목적으로 하지 않습니다. 또 정확한 정보를 갖고 있지 않아(일본에서는 정확한 정보를 얻을 수 없습니다.) 그른 말도 있을지 모릅니다.

그러니 도쿄에 사는 한 인간이 체험한 지진 이야기로 읽어 주세요.

그날 나는 오키나와에 갈 예정이었다.

아는 이의 우쿨렐레 연주를 보기 위해 여자 친구와 여덟 살 난 내 아들과 2박으로 여행을 다녀오려고 했다.

호텔도 예약했고, 오키나와에 사는 친구들과 만날 일정도 다 정해진 상태였다.

학교가 끝나는 시간에 아이를 데려와서 미리 싸 놓은 짐을 들고 공항으로 간다는 계획이었다.

나는 남편과 늘 가는 정식집에서 점심을 먹고, 차를 마시고, 차에 올라탔다.

평소에도 늘 그렇게 하는 아주 일상적인 일이다.

그 일상적인 일이 얼마나 행복하고 고맙고 활기찬지 말로 다 할 수 없다.

실로 평범한 의견으로 보이겠지만 일상이란 정말 멋지

고 무엇과도 바꿀 수 없는 소중한 것이다. 몸을 아무리 움직여도 끝이 없는 사소하고 잡다한 일로 가득한 이 세계. 그걸 충분히 만끽하는 법을 배우는 것이야말로 인생의 목적이다.

나는 지금 나 자신을 거의 죽었다가 되살아난 사람처럼 여기고 있다. 뭘 해도 슬프다. 자신을 엄청나게 강하게 생각하기도 하고, 모든 것이 잘못된 것처럼 생각되어 흔들리기도 한다. 미래가 오래 계속되리라 생각하기도 하고, 지금은 거기에 있지만 순식간에 완전히 사라지고 마는 무지개 같은 것이라고 생각하기도 한다. 그런 것이야말로 트라우마가 아닐까.

그러나 모든 것이 강렬하고 엄청나고, 그리고 고요하고 행복하다.

그 무렵 도쿄는 어둡고 긴 불황의 터널 속에 있었다.

정권은 어느 시기부터 외국과의 관계 속에서 세포와 혈관 역할을 해 왔으며 오랜 세월 일본을 유지하면서 거대하고 좋은 네트워크를 형성한 중소기업에 대해 냉정한 태도를 취하기 시작했다. 그로 인해 일본 국민은 심각한 타격을 입었다. 중소기업과 개인 상점은 괴멸적인 상태에 이르고 빚, 도산, 자살 얘기가 도처에서 들려왔다.

나는 택시 운전사의 표정과 거리에서 '특정한 얘기를 어느 정도 흔히 듣게 되는지'로 나름 경기를 가늠한다. 빚, 도산, 자살 얘기를 '자신의 가족, 친척, 친구들'은 아니어도 '그 지인의 친구' 범위 안에서 듣게 되었을 때 심상치 않은 상황이라고 생각했다. 범죄가 늘 것은 자명한데 전쟁을 경험해 다양한 상황에 임기응변적으로 대처할 수 있는 든든한 세대도 죽어 가는 지금 일본은 이 상황을 극복해 낼 수 있을까? 하는 의문이 들었다.

전철에서 티격태격하는 사람들, 짜증 난 표정으로 걸어가는 사람들도 늘었다.

나는 얼마 전부터 '여러 가지로 문제도 많고 굴욕적일 수도 있지만 일본은 세계를 위한 관광 대국으로 살아남을 수밖에 없지 않을까?' 하고 생각하게 되었다. 하와이나 몰디브처럼 세계 사람들이 관광으로 뿌리는 돈으로 사는 것밖에, 일본의 자연과 사람들의 좋은 성품을 보존하는 방법은 없지 않을까? 하고 생각하고 있다. 서비스 분야에서는 세계 최고이고, 세계에 자랑할 자연도 있고, 어떤 나라의 음식이든 노련하게 조리하고, 흔치 않은 민예품의 노하우도 있기 때문이다. 그런 노선을 취한다면 중소기업의 부활은 충분히 가능하다.

동일본 대지진 발생 며칠 전에 스산한 지진이 있었다.

세로로 쿵 흔들리더니, 그 후에 한동안 옆으로 미끄러지는 듯한 흔들림이 있었다.

옆으로 죽죽 미끄러지는 듯한 느낌은 별로 경험한 적이 없었다.

불길하네, 이 느낌, 하고 나는 생각했다.

우리 현관에 달린 벨은 진도 3이 넘으면 정확하게 울리기 시작한다. 그 소리가 점차 커졌다.

오키나와 여행 중에 만약 도쿄에 대형 지진이 발생하

면 나와 아이는 무사하겠지만 남편은 어떻게 될까? 어떻게 하면 빨리 만날 수 있을까? 바로 탈 배가 있을까?

거기까지 생각하고는 만약 그런 일이 벌어지면 바로 도쿄로 돌아오자고 생각했다.

아주 강하게, 그리고 직감적으로.

이곳은 내가 태어나고 자란 고향이고, 이곳의 대지가 나를 키웠다. 연로한 부모님이 있는 장소이며, 같이 일하는 동료들이 있다. 어쩌다 대충 자리 잡은 장소가 아니고, 언젠가는 이사하고 싶다고 생각하면서 사는 장소가 아니고, 돈을 벌기 위해 일시적으로 머물고 있는 곳도 아니다. 나는 도쿄를 좋아한다.

그때의 마음이 지금의 나를 뒷받침하고 있다, 그렇게 생각한다.

남편이 운전하는 차를 타고 아이 학교로 가는 도중에 지진을 만났다.

어째 차가 미끄러지는 것 같아서 어떻게 된 거지? 하

고는 지진이라는 것을 알았다. 가장 먼저 든 생각은 남편이 있어서 다행이라는 것. 그러나 아이가 가까이에 없어서 불안했다. 핸들이 먹히지 않고 차가 자꾸 옆으로 미끄러져 간간이 차를 갓길에 세우면서 남편은 힘들게 운전을 계속했다.

저 멀리 건물 옥상에서 믿기지 않을 만큼 크게 흔들리는 안테나가 보였다.

두 손으로 잡고 휘두르는 게 아닐까 싶을 정도였다.

남편이나 나나 쉬이 끝나지 않겠다고 생각했다.

오키나와에 갈 수 있을까 하고 생각했던 기억도 있다. 마음속으로는 힘들 것이라고 생각했다.

오키나와는커녕 모든 것이 원래 자리로 돌아가지 않는다, 이렇게 큰 지진이 내가 사는 동안에 발생하다니.

어제까지의 인생은 좋으나 싫으나 두 번 다시 돌아오지 않는다. 절실하게 느꼈다.

전화가 연결되지 않아 메일과 트위터로 가까운 사람들의 안부를 확인했다. 그러나 그마저 바로 끊겼다. 우리 사무실 사람들과 집에 있는 가사 도우미의 안부는 알 방법이 없었지만 왠지 무사할 거하고 생각했다. 다만 집안에 있는 가재도구가 얼마나 많이 깨졌을까 하고 생각하면 끔찍했다.

라디오 뉴스는 상당히 정확했다. 도호쿠 지방이 진원인 대형 지진이 발생했다는 걸 알게 되었다.

그리고 건물에서 사람들이 줄줄이 나왔다. 동네 주민회의라도 하듯이 여기저기에 사람들이 모여 있었다. 건물 안에 있는 게 오히려 불안할 정도의 흔들림이었다는 것을 알았다.

내 머릿속은 유난히 멍했다.

더 민감하게 많은 것을 느끼고 싶은데 전혀 느낄 수 없었다. 상처를 피하려고 감정이 사라진 것이다.

한참 걸려 아이 학교에 도착했다. 이쪽으로 달려오는 아이를 봤을 때의 기분을 뭐라 비유하면 좋을까. 선생님들에게 감사하는 마음, 신에게 감사하는 마음, 더불어 아이가 있어서 행복한 마음이 끓어올랐다. 접시가 다 깨졌어도 좋고, 그 뒤처리가 아무리 힘들어도 상관없다. 가족이 함께 있는 것이 가장 행복하다, 그렇게 생각했다.

몇 번의 여진이 있을 때마다 천천히 주행하면서 겨우집에 도착했다. 가사 도우미는 무사했다. 지진이 발생하자근처에 살면서 우리 집 일을 여러모로 거들어 주는 오빠가 달려왔다고 한다. 그 사람이 있다는 게 정말 고마웠다.그는 바로 자기 가게와 우리 집과 우리 사무실 세 군데를다니며 점검했다고 한다. 어마어마한 행동력이다.

신기하게도 우리 집에서 깨진 것은 오븐 접시와 할아버지 영정과 최근에 죽은 개의 사진이 담긴 액자 유리뿐이었다. 책이 흐트러지고 책장에서 튀어나오기는 했지만 유리도 사기그릇도 무사했다.

도우미 언니는 "이게 안 깨졌다니." 하면서 창가에 불안정하게 놓인 티포트를 가리켰다. 대충 아무렇게나 쌓여있어 살짝 건드리기만 해도 흔들리는데. "그냥 있다가도깨질 것 같은데!" 하면서 둘이 웃었다. 행복한 웃음이었다. 우리 집과 반려 동물들을 지켜 준 그녀의 용기에 감사한다.

사무실에 가 보니 책은 우르르 떨어져 있었지만 모두 무사하고 서로 도우며 사이좋게 지내고 있었다. 사무실에서도 깨진 것은 '행운의 고양이'뿐. 이렇게 행운을 기리는 굿즈와 친근한 사람들의 영정은 정말 의미가 있는 거라고 생각지 않을 수 없었다.

모두 다부진 사람들이어서 다행이었다고 안심하고서 그날은 업무를 종료하기로 했다.

차를 몰고 일터에 물건을 챙기러 나간 남편은 심각한 도로 정체에 걸렸고, 연락이 잘되지 않았지만 밤 10시 넘어 무사히 돌아왔다.

연락이 안 되는 동안 가족의 소중함이 내 안에 깊이깊이 스몄다. 인간의 결심 따위는 상황이 달라지면 바로 무너지고 만다. 그럼에도 나는 생각했다. 가족과 함께 보내는 시간을 더 많이 갖자. 아이가 아직 어린 지금 최대한 같이 지내자. 밥을 지어서 같이 먹자.

거리는 걸어서 집으로 돌아가는 사람들로 북적거렸다.

여행 아닌 여행기

뭔지 모를 기운이 넘쳤고, 즐거워 보이는 사람마저 있었다. 아무튼 집으로 돌아가고 싶은 것은 본능이다.

가게들은 늦게까지 영업했고, 자전거가 날개 돋친 듯 팔렸다.

가사 도우미 언니와 사무실의 남자 직원 하나가 집에 가지 못해 동네 오빠와 함께 우리 집에서 저녁을 먹었다. 이렇게 동료들이 있는 것만도 안심된다.

나는 맥주를 마시면서 여행에 관련된 이것저것을 취소했다. 전화 저편의 오키나와에서는 평소와 똑같은 날을 평화롭게 지내고 있다. 부러운 동시에 신기한 느낌이 들었다. 고베 대지진 당시 간사이 지방 사람들도 이런 기분으로 도쿄를 보았을 것이다.

밤이 깊어 전철이 움직이기 시작하자 집에 있던 사람들이 하나둘 돌아갔다. 마음 든든하게 시간을 보낸 그때를 생각하면 지금도 가슴이 따스해진다.

그즈음부터 해일과 원자력 발전소에 관한 최악의 뉴스가 잇달아 텔레비전에서 흘렀다.

정말 큰일이 벌어지고 말았다고 생각했다. 해일로 얼마나 많은 사람이 죽었을지 생각만 해도 두려웠다.

그리고 원자력 발전소가 자칫하면 위험하겠다는 걸 바로 이해했다.

그렇게 수도 없이 여러 번 그 영상을 봐야 했는지는 지금도 모르겠다.

어쩌면 피난을 가야 할 수도 있겠지만, 그렇게 되면 길이 붐빌 테니 지금은 아무튼 밖에 나가지 않는 편이 좋겠다고 생각했다. 독감에 걸렸을 때 사용하고 남은 N95 마스크를 챙겼다.

하와이에서, 오리건에서, 유럽에서 지인들이 "이곳으로 오라."라는 연락이 왔다.

녹차와 다시마와 된장국이 방사성 물질 해독에 좋다는 정보도 들어왔다.

친정 부모님과 언니에게는 연락이 안 되었지만 혼자 지내시는 시아버지와는 새벽에 통화가 되었다. 도쿄에서 동북쪽이라 걱정했는데 시아버지는 "아무 탈 없다. 열심히

치우고 있어." 하고 기운 찬 목소리로 말했다. 전쟁을 체험한 사람은 다르다. 안도한 나머지 눈물이 흘렀다. 시아버지가 그 집에서 홀로 생활하는 고마움을 절감했다. 정말 누가 언제 어떻게 만날 수 없는 사람이 될지 알 수 없다. 내가 얼마나 그를 좋아하고 의지하고 있는지 실감했다.

오키나와에도 같이 가지 못하고 너무 멀어 집에도 돌아가지 못해 회사에서 밤을 밝힌 친구를 우리 집에 데려왔다. 오는 길에 내가 태어나고 자란 동네에서 이탈리아식 점심을 먹고 집에 와서는 느긋하게 목욕을 하도록 했다.

그때 우리집은 비상시답게 오래전부터 일하는 베이비시터와 가사 도우미 언니, 친구까지 있어 묘하게 북적거렸다. 잠깐잠깐 눈을 붙이거나 스트레칭을 하고 뉴스를 보며 지냈다. 평소와 다르지 않은 주말인데 이제 돌아갈 수 없다고 느꼈다. 전화와 인터넷이 복구되면서 여기저기에서 연락이 오기 시작했다.

일요일 아침에 친구를 데려다주고 오는 길에 친정에 들

렀더니 부모님은 쿨쿨 자고 언니는 평상시처럼 창문을 열어 놓고 있었다. 좀 걱정스러웠지만 창문을 꼭 닫고 마스크를 쓰며 지내는 내가 우습기도 했다. 아이도 마스크를 답답해했지만 아무튼 그 시기에는 줄곧 그렇게 지냈다.

이세 하쿠산도 씨의 블로그와 다케다넷 사이트에서 얻은 정보를 참고하고 트위터를 통해 퍼져 나가는 정보에 현혹되지 않도록 유념했다.

독자의 트위터에는 댓글을 달았다. 도호쿠에서 지진 피해를 입은 독자들도 있을 텐데 달리 할 수 있는 일이 없었다.

가게 사람들은 평소보다 조금 친절하고, 거리에 오가는 사람들도 평소보다 활기차고, 살아 있는 기쁨과 타인과의 관계의 소중함을 되찾은 듯한 그런 시기였다.

혹자는 신경질적으로 소동을 피우거나 싸우기도 했지만 내 주변은 비교적 평화로웠다.

주먹밥을 싸서 근처에 있는 도장에 가져가고, 휴교령

이 내려 학교에 가지 않는 아이와 완전 무장을 하고 점심을 먹으러 나가고, 가게 안에서 사람들이 서로를 따스한 눈길로 쳐다보는 모습을 바라보기도 했다. 사람들이 다시 만나게 되어 더없이 다행이라고 속삭이는 것처럼 보였다. 손님이 거의 없는 가게는 찾아 준 손님에게 감사한 마음이 더해 가게와 손님들 사이에 따뜻한 온기가 흐르는 것도 알 수 있었다. 손님이 없는 지인의 가게에 굳이 들러 격려의 밥을 먹기도 했다.

옛날에는 도쿄도 이랬는데 싶은 생각이 들었다.

사람이 너무 많아져서인지, 거대 자본이 너무 많이 흘러들어서인지. 아무튼 옛 장터 같은 활기와 따뜻함을 오랜만에 느꼈다. 사람들의 웃는 얼굴에 불이 지펴진 듯한 느낌이었다.

그래도 집에 돌아와서는 옷을 싹 갈아입고 젖은 수건으로 몸을 닦았다. 마스크는 늘 현관에 비치해 놓고, 하루에도 몇 번이나 바닥을 걸레질했다.

동네 오빠가 생존 능력이 뛰어나다는 것은 어렴풋 알고 있었지만 지진이 발생하자마자 우리 집에 달려온 이때도 그랬다.

이 시기에 쌀과 달걀과 기름을 사기가 쉽지 않았다.

집에서만 지내야 할 때를 대비해 사람들이 사재기를 한 탓도 있고, 도호쿠 지방으로 물자를 보내느라 재고가 바닥났기 때문이기도 했다.

도쿄 사람들은 지진 피해가 크지 않았을 텐데도 슈퍼마켓에서는 다툼이 벌어졌고, 할머니를 밀쳐 내면서까지 물건을 사들였다. 극심한 혼란은 빚지 않았지만 불쾌한 장면이 수시로 눈에 띄어 나는 와인과 치즈와 건포도만 샀다.

동네 오빠는 운전이 가능한 한 와 주겠다고 했다. 기름은 점점 줄어드는데 언제 살 수 있을지 모르는 상황에서도 침착했다.

장을 보고 돌아오는 길이었다.

"지금 저 주유소에 탱크로리가 들어가는데요."

유턴해서 그 주유소에 갔더니 마침 종업원이 급유를 시작한 참이었다. 우리는 첫 번째로 기름을 살 수 있었고, 주유가 끝났을 때는 뒤에 차가 장사진을 치고 있었다. 저녁때 다 팔렸다고 하니 그 신속한 결단이 없었더라면 그 후로 며칠을 꼼짝 못 할 뻔했다.

"원래 도쿄에 살지 않는 사람이나 다른 곳에서도 일할 수 있는 사람, 또 다른 이유로 도쿄를 뜨려 했던 사람이나 피난을 가겠죠."

그가 했던 그 말도 오래도록 나를 지켜 주었다.

그는 바지런히 일하는 스타일은 아니다. 언제나 이리저리 걸어 다니면서 동네를 관찰하는 별난 사람이고, 사회적으로 보면 약자에 속할 것이다. 그러나 전 세계에 친구들이 있어 언제나 확실한 정보를 얻었고, 긴급한 상황에서도 어디 있는 공중전화가 비었는지, 뭘 하지 말고 뭘 해야 하는지 늘 정확하고 침착하게 판단했다. 인도 친구에게서 전화가 걸려 왔을 때 지금 상황을 영어로 담담하게 설명하는 모습에도 감명을 받았다.

그의 그런 침착함도 우리 가족에게는 큰 힘이었다.

무엇으로 인간의 가치를 가늠할지 그를 보면서 큰 배움을 얻었다.

그 무렵 계획 정전으로 지역에 따라 전기 공급량이 제한되었다. 도쿄도 그렇게 될 것이란 예상하에 절전을 한 탓에 집 안이 늘 어둡고 추웠다.

생각해 보면 개인 주택에서는 그렇게까지 할 필요가 없었는데 에어컨의 난방을 켜면 바깥 공기가 어쩔 수 없이 들어오기 때문에 조그만 히터 하나로 버텼다. 창문도 열지 않았다.

어느 추운 저녁 스트레스가 쌓인 탓에 이래저래 모인 동네 친구들과 양고기를 볶아 어둠 속에 촛불을 켜 놓고 빵과 함께 먹었다. 동네 오빠가 버터 하나는 사 놓은 게 잔뜩 있다고 해서 모두 킥킥 웃었다. 나는 그때 일을 에세이로 썼고, 이탈리아에서 카프리상을 받을 때 수상식에서도 낭독했다. 카프리섬의 아름다운 저녁에 그 춥고 어두운 저녁을 떠올리자니 신비로운 느낌이 들었다. 인생의 아름다운 신비로움이다.

그 저녁 친한 친구들의 웃는 얼굴을 보면서, 그래서 안심한 아이의 얼굴을 보면서 무척 기뻤던 일만 마음에 남아 있다.

그 무렵부터 이상한 꿈을 꾸었다.

검고 네모난 상자가 몇 개 놓여 있는데 특히 두 번째 상자가 검은 안개에 싸여 있었다. 나는 그 광경을 위에서 몇 번이나 본다.

비석인가? 했는데 아니었다. 원자력 발전소다. 죽어 가는 후쿠시마 제1원자력 발전소를 상징하는 꿈이었다.

나는 기도하는 것밖에 할 수 없어 온 마음을 다해 기도했다.

이 일에 대해서 나는 강력한 발언은 할 수 없다. 전기의 은총 속에서 산 것은 확실하기 때문이다. 다만 공학적으로는 완벽해도 현장의 일상적인 관리는 상당히 허술하다는 점, 그리고 언제나 이권과 결부된다는 점에서 원자력 발전소는 지금의 일본에서는 안전하지 않다. 아니 지금은 감당할 수 없는 것이라고 생각한다. 시간이 오래 걸리더라도 대체 에너지로 전환해야 하고, 지금 가동되고 있는 발전소는 보다 안전하게, 폐로를 할 때는 시간을 들여서 신중하게 대처하면서 인류는 새로운 미래를 향해 나아가야 한다고 믿는다.

작가인 다구치 란디 씨에게 들었는데 체르노빌은 사는 사람은 적어도, 당시 살아남았지만 이사하지 않는 노인들의 손에 잘 관리되고 있으며, 농약 등의 오염이 전혀 없어서 지금은 세계에서 가장 청정한 장소가 된 아이러니한 상태라고 한다. 그녀는 그곳을 몇 번이나 방문했기 때문에 잘 알고 있다. 언젠가 일본 각지도 그렇게 될 수 있기를 바란다.

안이한 생각일지도 모르지만 나는 지구의 여과 작용과 박테리아의 탁월한 분해 능력을 인류가 아직은 잘 모르고 있다고 생각한다.

한동안은 물고기와 조개와 해초와 채소의 방사성 물질 수치가 높을 테고 흙의 표면과 빗물, 낙엽도 방사능 피해가 심각할 것이다. 물도 그렇고 폐기물도 그럴 것이다. 그러나 사람들의 생각보다 빨리 정화가 진행되지 않을까.

살아남을지 알 수 없고, 아이가 있으니 걱정이 없다고도 할 수 없다. 집에는 정수기를 설치하고, 채소와 달걀은 방사능이 검출되지 않은 것만 산다. 그 정도는 조심하고 있다.

그 정도밖에 할 수 없다. 그다음은 그저 생활을 지속할 뿐이다. 인생을 만들어 갈 뿐이다.

좋은 작품에 한하지만 나는 호러 영화 마니아로, 가장 좋아하는 영화는 조지 앤드루 로메로와 다리오 아르젠토가 1970년대에 제작한 「시체들의 새벽」이다. 우주에서 날아온 정체를 알 수 없는 방사선 탓에 시체가 좀비로 되살아나 인간을 공격한다. 좀비에게 물리면 그 사람은 바로 죽어 좀비가 된다. 좀비를 움직이지 못하게 하려면 뇌를

파괴해야 한다.

주인공은 전 SWAT 대원 둘 — 흑인 남자와 그 친구인 백인 남자, 그리고 헬리콥터를 조종하는 방송국 남자와 임신한 그의 아내 넷이다.

일련의 상황에서 살아남은 그들은 대형 쇼핑몰을 봉쇄하고, 그 안에서 평화로운 생활을 시작한다. 고도 성장기에 제작된 영화다. 미국은 물건이 넘치고, 가치관이 흔들리기 시작하고, 베트남 전쟁의 불안으로 가득했던 시대다.

물건은 풍족하지만 밖으로 나갈 수 없고, 바깥세상에서는 시시각각 좀비들이 늘어나는 상황, 밖에 나가지 못하는 생활은 폐쇄감에 차 있고, 절대 즐겁지 않다. 그런데도 그들은 살려고 하지만 폭주족의 습격을 받아 평온하던 생활은 끝난다.

마지막까지 살아남은 사람은 흑인 남자(당시 미국에서는 지금보다 훨씬 차별이 심했다.)와 임신한 여자. 즉 약자다.

친구를 잃은 흑인 남자도 이 이상 절망하고 싶지 않아 죽기로 결심하고 의자에 앉아 좀비에 둘러싸인 상태에서 머리에 총을 쏘아 자살하려고 한다. 그러나 마지막에 생명 그 자체가 그를 움직여 그는 좀비들을 떨쳐 내고 옥상에서 헬리콥터를 움직이려 하는 임산부에게 뛰어간다. 헬리콥터는 이륙하고, 연료가 얼마 남지 않았다고 임산부가 말한다. 상관없다고 그는 말한다.

체념으로, 혹은 희망에 차서 한 말이 아니다.

목숨이 있는 한 살아야겠다는 뜻으로 하는 말이다.

초등학생 때 나는 이 영화를 보고 인생관에 영향이 미칠 만큼 큰 감명을 받았다.

사랑하는 사람이 좀비가 되어 인간성을 잃고 파충류나 상어처럼 감정 없는 눈으로 다가와 나를 먹으려 한다. 내가 살기 위해서는 사랑하는 사람의 머리를 쏘는 길밖에 없다.

테마는 극한의 상황에서 인간의 품격이나 존엄성이 있을 수 있나? 하는 질문인데, 이 영화는 확실하게 대답해 준다. 인간은 품격을 잃지 않을 수 있다. 마지막까지 존엄은 있다.

이 영화에 같은 뉴스가 반복해서 흐른다. 스튜디오에서 나갈 수 없는 방송국 사람들은 의미 없는 비정한 정보를 반복해서 흘리고 논쟁을 계속한다.

지진 발생 후 텔레비전은 이 영화 속 프로그램과 똑같이 해일과 원자력 발전소의 고통스러운 장면을 반복해 방영했다. 세계는 좀비가 있는 것과 똑같은 폐쇄감으로 가득했다.

나는 너무 놀랐다.

"나, 지금 그 영화와 똑같은 상황에 있잖아."

언제 밝을지 알 수 없는 아침, 끝없는 불안, 영원히 해결될 것 같지 않은 논쟁, 언제 안전한 날이 올지, 불황은 여러 방면에서 강화되고 상황은 점점 더 나빠진다.

이 와중에 무너지는 사람들을 지난 1년 사이에 많이 보았다.

이주를 결심하고 실제로 이주한 사람들은 그나마 낫다.

움직이려 해도 움직일 수 없고 트라우마만 남아 표정

여행 아닌 여행기

이 밋밋해진 사람들, 갑자기 격해진 감정을 통제하지 못해 아무에게나 시비를 거는 사람들, 집 밖으로 나가지 못하게 된 사람들, 언제나 방사능 생각만 하는 사람들…….

그런 사람들을 많이 보았다.

정말 이상한 세상이 되고 말았다.

낮에 공원을 산책하다 보면 구청에서 빌린 측정기로 모래 놀이터의 방사능을 측정하는 주부들이 보인다. 여기는 괜찮은 것 같네, 의외로 이 부근은 괜찮은가 봐 하고 마치 날씨 얘기를 하듯 대화를 나눈다.

뭐지? 하고 나는 생각한다.

그러나 이것이 지금이다. 지금 나의 인생이다.

살아야 한다고 생각한다. 그 영화의 주인공처럼.

이런 상황이라서 더욱이 사람과 사람을 이어 가는 빛나는 사람들을 본다. 사람을 구하기 위해 성의를 다하는 사람들을 본다. 가족을 잃었어도 삶을 포기하지 않는 사람들과 그들을 돕는 사람들을 본다.

나는 여기서 살아간다.

도쿄가 좋아지기를 기도하면서, 일본이 평화롭고 아름다운 환경이 되고 사람들이 조금 더 소박한 가치관으로 살 수 있는 장소가 되기를 바라면서 소설을 쓴다. 조심할 수 있는 일을 조심하면서 고향에서 살아간다.

사람들 저마다 다르게 대처하고 있지만 일본에 있는 사람들은 많든 적든 방사능을 염려하고 있다.

옳은 일이다.

실제로 측정해 보면 수치가 높으니 채소를 꼼꼼하게 씻고, 물도 신경 써서 마시고, 발표되는 데이터를 빠짐없이 보고, 그런 일은 필요하다.

아무 거리낌 없이 하고 싶은 대로 하라! 하는 것도 좀 아닌 듯하고, 너무 예민해져 아직까지 마스크를 쓰고 다니는 것도 좀 그렇다.

정확한 판단하에 구체적인 대책을 세우고 나머지 부분에서는 마음을 자유롭게 한다. 하는 일이 있거나 어떤 사정이 있어서 이동할 수 없는 사람은 그냥 그럴 수밖에 없다고 생각한다.

우리 집에 새로 온 강아지는 2011년 3월 이후에 태어났다.

사이타마에서 태어났으니 어느 정도는 방사능에 노출되었으리라고 생각한다.

어미 개의 젖에도, 밥에도, 흙에도 지진 이전보다는 꽤 많은 방사성 물질이 포함되어 있었을 것이다.

그래서 방사성 물질 배출에 좋다는 다시마와 버섯과 효모를 먹이는 것은 엄마인 내가 할 일. 내 아이에게도 그렇게 내가 할 수 있는 일을 하고 있고 강아지도 무럭무럭 자랐으면 하니까.

그러고는 전전긍긍하지 말고 하루하루를 한껏 살자고 생각했는데. 그러니 마음이 상당히 밝았을 텐데.

그런 나도 이 세상에 막 태어난 어린 강아지는 이길 수 없었다.

예방 접종을 마쳐 산책하러 나가도 되는 시기가 왔다. 아름다운 가을, 하늘은 높고 바람은 시원해 얼마든지 걸을 수 있는 좋은 계절이다.

강아지는 목줄이 몸에 휘감길 정도로 걸음걸음마다 깡충깡충 뛰어서 "와우!" 하는 소리가 들려올 듯했다.

한들거리는 나비를 보고, 살랑거리는 나뭇잎을 보고, 바람이 불고, 차가 지나가고, 개가 지나가고, 할아버지가 지나가고, 유모차가 지나갈 때마다 눈을 반짝거리며 나를 올려다보았다. 신이 나고 좋아서 어쩔 줄 모르겠어, 세상은 왜 이렇게 재미있는 거야? 왜 이렇게 아름답고 설레는 거야? 이렇게 즐거운 일이 많다니 믿기지 않아, 세상에 태어났다는 게 이렇게 즐거운 일이야?

그렇게 흥얼거린다고밖에 생각되지 않을 정도로 신이 난 모습이다.

존경스러운 마음마저 일었다.

그러네, 미안하네. 이 세상의 아름다움은 사라지지 않았는데, 대처하는 것과 이 세상의 아름다움을 찬미하고 행복을 느끼는 것은 전혀 다른 일인데, 세계여 미안하네. 나도 기뻐, 오늘 살아 있어서, 아름다운 것을 많이 볼 수 있어서 정말 기뻐!

　강아지와 함께 빛나는 눈으로 하늘을 올려다보며 신이라 불리는 저 높은 곳에 있는 누군가에게 그렇게 말하고 싶어졌다.

계속하는 힘

이런 글은 쓰기가 무척 힘든 면이 있다. 아이가 없는 인생을 부정하는 것처럼 해석될 소지가 있기 때문이다. 하지만 경험하고서 든 생각은 이렇다. 아이를 낳아 키운다는 것은 진흙탕에 얼굴을 처박고 그 안에 있는 무언가를 입에 꽉 문 채 숨을 컥컥거리면서 장시간 대기하느라 지쳐서 너덜너덜해졌는데, 그런데도 그 무언가가 깨지지 않았으리란 보장은 없는 그런 체험이다. 그러니 체험하지 않고 지나갈 수 있다면 그래도 좋지 않을까 싶고, 그 기이한 노력에 보상이 있는 것 같기도 하고 없는 것 같기도 한 느낌은 다른 일에서도 반드시 느낄 수 있을 테니 어떤 의미에서는 똑같다고도 생각한다.

'이래저래 사연이 많았지만 이 사람인가 보네.' 하는 사람과 결혼해서 늘 하던 대로 한 달에 한 번 정도 친정에 가는데, 내가 삼십 대 후반이 된 어느 시기부터 집안 분위기가 영 이상해졌다. 축 처져 있다고 할지, 활기가 없다고 할지, 있어야 할 것이 없다고 할지. 언니도 아이를 낳지 않았고 나도 낳을 마음이 전혀 없었으니 부모는 부모, 딸은 딸, 그럼 된 거지 했다. 딸을 평범하게 결혼할 여자로 키우지 않았으니 별수 없잖아, 자업자득이지 뭐, 그런 식으로. 아버지와 어머니와 딸들이라는 구조가 노부부와 아줌마들이 된 것뿐이잖아, 이대로 가자고.

그런데 그런 다짐 전체를 뛰어넘는 축 처진 느낌이 식탁을 뒤덮게 되었다.

지금 부모님은 거의 자리보전한 상태지만 그 무렵까지는 그래도 의자에 반듯하게 앉아 밥을 먹었다. 다 같이 텔레비전을 보면서 언니가 준비한 음식을 즐겁게 먹었다. 그런데 본능의 울부짖음이라고밖에 형용할 수 없는 우울한 분위기가 점차 더 심해졌다.

이거 어쩌나, 이미 내 젊음으로는 분위기를 띄우는 것도 한계인가…… . 하지만 이 침울한 분위기도 정취가 있어 그런대로 괜찮은데, 그대로 받아들여야지 뭐.

그렇게 생각할 즈음 아이가 생겼다.

처음 손자를 데려갔을 때부터 어떤 경우에든 그 침울한 분위기가 우리를 덮치는 일은 없어졌다. 아이 하나가 울고불고 난리를 치고 있을 뿐인데 모두가 무언가에서 벗어난 듯한, 다 떨쳐 버린 듯한, 살아 있음을 긍정하고 있는 듯한 침착함을 되찾았다.

대체 이게 무슨 일이람. 인류를 유지해 온 순서의 힘이 이렇듯 거대하고 개인은 거역하기 힘들다는 것을 몸으로 깨달은 나는 딸기 하나를 놓고 깔깔 웃으면서 손자와 겨루지를 않나 손자를 다가오게 하려고 과자를 꺼내 놓는 할아버지와 할머니에게, 그리고 할머니에 가까운 나이에 갑자기 이모가 되어 조카와 레슬링을 하는 언니에게 작가가 되었을 때보다 돈을 건네주었을 때보다 훨씬 더 좋은 것을 줄 수 있어서 다행이라고 생각했다. 사실은 내가 아니라 쑥쑥 커 나가는 생명의 힘이, 인류의 힘이 준 것인데.

이름을 짓다

배 속 아이가 사내아이라는 걸 알았을 때 정말이지 충격이 컸다.

"여기 달려 있는 게 뭘까나? 이거, 성별을 말하지 않아도 알겠죠?"

임신 7개월 때 초음파로 내 배 속을 보면서 의사는 기쁜 듯이 그렇게 말했는데 나는 그저 놀라울 따름이었다. 나는 여자아이일 것이라고 정말 믿고 있었다. 감이 좋아도 자기 일에는 소용이 없다. 어릴 때부터 '만약 아이를 낳는다면 여자 아이'라는 비전밖에 없었기 때문이다.

돌아오는 길에 7개월 기념으로 프렌치 레스토랑에 들러 런치를 먹었는데 기뻐야 할 선물 같은 그 자리에서 나는 앞이 보이지 않아 눈물마저 글썽였던 기억이 있다. 임신 중인 여자는 예민하다.

그러나 그게 전부가 아니었다.

나는 언니밖에 없기 때문에 친정과의 관계가 지금도 가까워서 수시로 들락거리고, 부모님을 간병하고, 같이 밥을 먹고, 의논하고, 온천에도 간다. 중년이 되어서도 가족이 그대로 유지되어 한 팀이 된 듯한 느낌이었다.

내 남편과 언니의 남자 친구도 언제나 친정 일을 도와주고 있다.

이는 역시 여자 쪽 집안에 남자들이 가까워지기 때문일 것이다.

주변을 보면 남자는 전혀 반대다. 처갓집에는 자주 드나들면서 자기 부모님은 들여다보지 않는 경우가 많다. 남자는 평생 어머니를 좋아하고 어머니가 임종하는 자리도 결국은 아들이 지킨다. 그러나 거기까지 가기에는 거리가 있다, 그런 이미지가 있었다.

나이를 먹어서도 딸과 여행하고 쇼핑하고 문제가 생기면 의논하고 친구처럼 지낼 꿈을 꾸고 있었기에 무척 슬펐다.

그러나 결과적으로는 좋았다.

나는 사내아이를 낳아 남자의 심리를 소설에 쓸 수 있게 되었고, 모르던 것을 아는 것 또한 인생의 참맛이니까.

지금은 누구와도 바꿀 수 없다고, 지금 이 아이가 아니면 안 된다고 생각하니까.

그날 배 속에 사내아이가 있다는 걸 알고 남편과 나는 이름을 짓기 시작했다. 처음에는 이상한 이름과 장난기 많은 이름이 몇 가지 나왔다. 한자의 획수만 좋으면 그만이라는 생각이었다. 그런데 시간이 흐르면 흐를수록 이름의 중요함을 알게 되었다.

이름은 한번 지으면 평생 그 이름으로 불린다. 우리가 이 세상에서 사라져도.

그런 생각이 들자 우리는 점차 진지하게 여러 가지 이름을 써 놓고, 예전에는 믿지 않았을 작명 책을 몇 권이나 살펴보고, 조금이라도 슬픈 일이 있을 법한 이름은 제외했다. 아이 운이 나쁘고 가족 운도 좋지 않다고 해서 내 이름까지 바꿨다.

그 과정은 거의 '기도'에 가까웠다.

사내아이는 그렇게 싫다고 했으면서 그런 건 까맣게 잊었다. 나는 불룩한 배의 무게로 허리가 아픈 것도 잊고, 남편은 다음 날 아침 일찍 나가야 하는 것도 잊었다. 아이의 마음으로 그에게 일어날 일을 하나하나 상상하며 수많은 후보를 썼다가 지우면서 우리 머리에서 장난스러운 이름은 싹 사라졌다. 한자의 획수를 꼽으면서 밤이 새도록 생각했다.

그렇게 지은 이름과 함께 지내면서 그는 지금 여섯 살이 되었다.

간혹 심하게 장난을 쳐서 "너, 이제 장난꾸러기라고 이

름 바꿀 거야. 내일 구청에 가서 장난꾸러기라고 신고해
야지." 하면 그는 "싫어, 지금 내 이름이 좋아!" 하고 말한
다. 그렇구나, 이름과 친해졌네, 잘됐네 하고 생각한다. 마
치 몇 번이나 빤 옷이 몸에 착 감기는 것처럼, 처음에는
흙에서 붕 떠 있던 식물이 뿌리를 내리고 이파리가 푸릇
푸릇 돋아나는 것처럼 이름이 그의 것이 되었다.

앞으로 만약 아들이 죽고 싶어 하거나 이 세상에 살 장
소가 없다고 생각하게 되는 날이 온다면 그때 마음으로
돌아가 대하려고 한다.

그날 밤 아빠와 엄마는 우리는 어떻게 되어도 상관없
으니까 너에게 좋은 이름을 지어 주려고 했어. 사내아이
든 여자아이든 나쁜 아이든 뭐든 좋으니까 살아서 무사
히 자라 주기를 바랐어. 만약 이름이 힘을 보탤 수 있다면
조금이라도 행복하고, 힘든 일은 파도를 타듯 이겨 내고,
명랑하게 꿋꿋하게 인생을 살아 주기를 바랐어. 오직 그
생각만 했어. 네 이름은 그때 방으로 쏟아져 내린 무수한

사랑으로 정해진 거야. 그렇게 말하고 싶다.

실제로는 말할 수 없을지도 모른다. 이미 우리는 없을지도 모르고, 사내아이라서 힘겨운 일이 생겨도 부모에게 말하지 않을지도 모른다.

그럼에도 그날 밤의 우리 마음은 영원히 없어지지 않는다. 공기와 바람과 햇살 속에 조각으로 남아서 힘겨워진 그의 마음 위에 내려앉아 조금이라도 힘이 되어 주리라고 생각한다.

파도를 타라

임신 중에는 아이가 태어나면 모든 것이 다 바뀌겠다고 생각했다. 사고도, 생활 방식도, 성격도 전부.

그리고 비통한 각오로 '마지막이 될' 무거운 얘기만 가득한 소설을 썼다. 배 안에 아이가 꽉 차서 책상과 몸의 거리가 멀었던 기억이 있다.

겨울에 태어났으니까, 설날 연휴쯤이었을까.

늦은 밤의 텔레비전 프로그램은 연예인의 심심풀이 같은 느긋한 토크 쇼가 대부분이라 소설을 쓰면서 켜 놓기에는 마침 좋았다. 난방은 빵빵하게, 두툼한 양말에 슬리

퍼까지 신고, 따끈한 차를 마시면서 나는 오직 소설을 써 내려갔다. 이사하기 전 집의 낡은 마룻바닥에서는 지금은 없는 대형견이 쿨쿨 자고 있었다.

슬픈 소설에 푹 빠져들어 그 안에서 싸우면서도 그때의 나는 행복했다. 새로운 것을 기다리고 있었다. 그것은 내가 아주 좋아하게 될 것. 하지만 아직은 독신 시절의 홀가분한 생활 속에 있는 그런 막간의 여유로움.

언젠가 죽을 때 나는 그 겨울 배가 산더미만 하게 튀어나왔던 나를 떠올리리라.

아이가 태어났는데도 아무것도 변하지 않았다.

사고가 유연해지지도 않았고, 육체는 가혹한 변화를 거쳤지만 나는 여전히 나였다. 에이, 조금도 안 변했네, 이러면 무거운 얘기도 아직은 많이 쓸 수 있겠네 하고 생각했다.

그런데 정작 변화는 서서히 찾아왔다.

지금까지 동물을 많이 키웠기 때문에 아기와의 생활은

갓 태어난 동물을 보살피는 것과 그리 다르지 않았다. 동물이든 인간이든 누군가를 보살핀다는 것은 자기 일정을 마음대로 짤 수 없다는 뜻이다. 그런 의미에서는 조금도 달라지지 않았다. 그런데 한 가지 다른 것이 있었다.

아기의 경우는 그가 뭘 어떻게 느끼는지 알 수 있었다.

마지막까지 알 수 없는 게 있다는, 동물을 키울 때의 허망한 느낌이 전혀 없었다. 뭘 원하고, 지금 뭐가 마음에 안 드는지, 그런 것이 전해진다. 얼굴과 손과 몸의 모습에서. 그렇구나, 인간은 애당초 인간을 키울 수 있게 생겼구나…… 하고 생각했다.

물론 실수가 잦은 모자란 엄마였지만 그래도 무언가가 통한다는 것은 알 수 있었다. 아기가 열이 나면 나도 왠지 화끈거렸고, 추워하면 나도 왠지 으슬으슬했다. 자연스럽게 그렇게 되는 듯했다. 신기했다.

그리고 시간이 조금 더 흐르자 조금 더 큰 것을 깨닫게 되었다.

나는 오만하게도 자기 인생은 혼자서 만들어 가는 것

여행 아닌 여행기

이라고 생각했다. 그런데 아이가 태어나기를 기다리는 시간까지 포함해서, 처음 깨달았다. 인생에는, 매일의 시간에는 파도가 있다는 것을. 그 파도를 무시하고 혼자서만 앞으로 쑥쑥 나가면 파도를 읽어 내지 못한다. 무언가가 다가오면 거기에 대처해 수동적으로 지내야 할 때와 스스로 파도를 타고 나아가야 할 때가 있다. 세상은 그렇게 많은 정보로 매초 움직이고 있었다.

나는 서핑을 못하지만 인생은 서핑과 다르지 않다. 혼자서 흐름을 만들려는 건 큰 잘못이다.

아이가 무슨 말을 한다. "배가 고프다." "오늘은 뭘 하고 싶다." "배가 좀 아프다." 나는 어떤 반응을 한다. "그럼 집에서 먹을까? 밖에 나가 먹을까?" "지금은 그거 못 해, 조금 기다려." "어떻게 아픈데? 병원에 갈지 말지, 상태를 좀 두고 보자." 등등

그에 따라 예정이 달라지고 생각도 달라진다. 조금 전까지 '좋아, 오늘은 꼬맹이랑 같이 놀아야지.' 하고 생각했지만 배가 아프다고 하면 얌전히 방에 앉아 따뜻하게

지낸다. 죽을 끓이고, 나도 모르게 꾸벅꾸벅 졸다 보면 수면 부족이 해소되고, 꼬맹이는 배가 낫는다. 그럼 나가 볼까……. 전부 이어져 파도처럼 넘실거리며 계속된다.

그 흐름 전체에 어디 한 군데라도 이상한 부분이 있으면 나중에는 더 이상한 일이 돌아온다. 생각해 보면 다른 일도 모두 그렇다. 줄곧 수동적이면 파도는 탈 수 없다. 그렇다고 줄곧 타려고만 해도 타지 못한다. 간단한 일인데 왜 그렇게 힘을 주고 있었을까.

그것이 내가 아이에게 얻은 가장 큰 배움이다.

데루데루보즈[5]

내일은 틀림없이 날이 맑을 텐데 꼬맹이가 지금 당장 데루테루보즈를 만들겠다고 해서 잠자코 지켜보았다.

너무 바쁜 때여서 같이 만들 수는 없었다.

옆에서 도시락을 싸고 차근차근 일을 정리했다.

심을 넣지 않고 만든 탓에 머리가 곧추서지 않아 "머리에 심이 될 만한 것을 넣지그래?" 하고 말을 건넸더니 스스로 생각해서 지점토로 심을 만들어 넣었다. 목을 예쁜 끈

---

5 내일은 날이 맑기를 기원하면서 하얀 천이나 종이로 만들어 처마에 내거는 인형.

으로 묶어 방긋 웃는 근사한 데루테루보즈가 완성되었다.

귀엽게 됐네 했더니 꼬맹이가 좋아하면서 "엄마 것도 만들래."라고 했다. 이제 지점토가 없어서 머리는 조금 작아졌지만 역시 방긋거리는 데루테루보즈를 만들어 "이건 엄마 거." 하며 내게 주었다.

"괜찮아. 같이 있게 해 줘." 했더니

"그럼 데루테루보즈 집도 만들어야지."

하면서 종이 상자 안에다 장난감 침대와 싱크대와 의자와 과자를 넣고 거기에 데루테루보즈도 넣었다.

어디서 데루테루보즈를 알게 되었는지, 어떤 때 사용하는지 아는 걸까?

그 자리에서 바로 가르쳐 주어야 교육인지도 모른다. 바쁘다는 이유로 가르쳐 주지 않은 채 만들게 하면 교육에 소홀한 것인지도 모른다. 마지막에 "사실 이건 내일 날이 맑았으면 하고 바랄 때 창문에 매다는 거야." 하고만 가르쳐 주었다.

그런데 그 귀여운 데루테루보즈를 왠지 창문에 매달고

싶지 않아 그냥 놔두었다.

두 데루테루보즈가 무척이나 행복해 보였던 것이다.

꼬맹이와 재미나게 지내야 할 시간에 이렇게 바쁘다니 하는 분한 마음까지 훌훌 날아갈 만큼 행복함을 느꼈다.

어느 아이

그 남자아이가 보통 아이와 다른 점은 무슨 일이든 바로 끝낼 수 있다는 것이었다.

지금 그를 키우는 아주머니가 "이제 가자." 하거나 "밥 먹어야지." 하면 게임이 아무리 중요한 장면에 있어도, 만화 영화를 한창 재미있게 보고 있을 때라도 바로 끝냈다.

내가 아는 아이들은 모두 투덜거리면서 게임을 계속하려 한다. 텔레비전 앞에 앉은 채 혼이 나기 전에는 절대 움직이려 하지 않는다. 엄마가 소리를 지르거나 뭐라고 혼내면 그때서야 시큰둥하게 말을 듣는다. 흔한 불화의 분위기, 어느 집에나 반드시 있는 그 정경이 행복의 상징인 줄을 나는 몰랐다.

뿐만 아니라 '아이들은 왜 이런지 모르겠네, 왜 이렇게 고집이 센가 몰라.'라고 생각하고, 아이들 쪽에서도 '왜 엄마는 화만 내나 모르겠어.' '지금 한창 재미있는데 좀 더 하면 어때서.' 하며 부모를 원망스럽고 귀찮게 생각하는 것이야말로 행복인 줄을 나는 몰랐다.

적당한 선에서 서로 받아들이고 반복해 가는 것은 무언가를 키워 가는 과정이며, 전 세계 어디에나 있는 그 정경, 좋은 일만 있어서는 가능하지 않은 지겨운 부딪침, 그것은 서로를 용인하기에 성립되는 애정의 형태다.

아주머니는 절대 과도하게 엄격하지 않은데 그는 마치 벼락이라도 맞은 것처럼 말이 떨어지면 바로 듣는다.

그 아이의 엄마는 그를 두고 집을 나가 행방이 묘연해졌다가 1년이나 지나 겨우 연락해 와 다른 남자와 결혼해 아이까지 낳았다는 것을 알렸다.

아이의 아빠가 엄마에게 폭력을 휘두른 듯했다. 그래서 헤어진 다음 그 아이와 형은 친가에서 아빠와 함께 지내게 되었다. 그러다 꽤 성장한 형은 손이 덜 가니 그대로 놔두고 그 아이는 아직 어려서 힘들다는 이유로 어느 날 갑자기 외갓집에 데려다 놓았다고 한다.

결혼이란 어른들이 하는 것이다.

그리고 그 어른들은 아이를 낳았으면 좋은 형태로 사회에 내보내기 위해 보살펴야 마땅하다.

그런데 오늘날 일본에는 어른이 되지 못한 채 결혼해서 아이를 낳으면 감당하지 못해 포기하는 사람이 많다. 마치 "귀여워서 키운 개가 시끄럽게 짖어서 버린다."라고 하는 어리석은 사람들처럼.

외가의 할머니와 할아버지는 아이를 키우기에는 나이가 너무 많아 주저했다.

보다 못한 친척 아주머니가 아이를 데려왔다.

아주머니는 말했다.

"오늘부터 우리랑 같이 지낼 거야 하는 말도, 할머니 할아버지 집을 떠날 거야 하는 말도 하지 않고 같이 놀다가 자연스럽게 집으로 데려오든지, 다 같이 밥을 먹다가 같이 집으로 돌아오는 식으로 최대한 자연스럽게 헤어지게 하려고 했어."

그를 맡아 키워 주지는 못했지만 그래도 할머니와 헤어지는 게 서러웠나 보네, 참 가엾네 하고 나는 생각했다. 정말 슬픈 일이다. 물론 할머니 할아버지도 정이 없었을 리 없으니 그렇게 매정하게 대하지는 않았을 것이다.

그 아이는 옷도 입고 신발도 신고 장난감도 있고 텔레비전도 볼 테고 밥도 하루 세 끼 먹을 테고 어린이집에도 다니니까 더 심한 처지에 있는 세상 어린이들보다는 낫다고도 생각할 수 있다.

하지만 그 아이의 세계에는 무언가 소중한 것이 빠져 있다. 별거 아니지만 계속해도 용인될 수 있다는 안도감. 아무튼 여기 있어도 된다고 생각되는 분위기.

어쩌면 일본에는 그런 아이들이 굉장히 많은지도 모

른다.

나는 마음속으로만 생각했다.

나 같으면 알려 줬으면 좋겠다. 아무리 괴로운 일이어도 사실대로 알려 줬으면 한다. 아빠와 엄마는 너를 버렸어, 그리고 할머니 할아버지는 너를 사랑하지만 도저히 키울 수가 없어. 그래서 이 집을 떠날 거야. 오늘부터 아줌마랑 같이 지내자.

그렇게 똑똑히 얘기해 줬으면 한다.

확실하게 알면 괴로움도 커지겠지만 회피하지 않을 수 있다.

하지만 각각의 집에는 나름의 방식이 있고, 그는 적어도 지금보다는 행복해질 테니까, 겨우 일정한 집에서 일정한 사람과 살게 되었으니까 내가 관여할 문제는 아니라고 생각했다.

아주머니와 생활한 지 어느 정도 지난 어느 밤 그 아이

여행 아닌 여행기

가 우리 집에 놀러 왔다.

우리 아이와 그는 같이 게임을 하고, 얘기하고, 서로의 친구 이름을 가르쳐 주며 놀았다. 눈이 커다랗고 똘망똘망한, 영리하고 귀여운 아이였다.

이 아이도 누군가가 매일 기저귀를 갈고 우유를 먹여서 이렇게까지 컸을 텐데 왜 그런 나날이 틀어지고 말았을까.

어떻게 하면 아이를 두고 집을 나가고, 또 다른 집에 데려다 놓을 수 있을까. 이렇게 정직한 눈에 매끈한 피부에 인생을 즐기려는 생물을. 게다가 그 생물은 무조건적으로 자신을 믿고 의지하는데.

사실은 가난도 아니고, 사실은 고난도 아닌 뭔가 허접한 것 때문에.

"언젠가 아이 엄마가 마음이 바뀌어서 데려가고 싶다고 해도 절대 그럴 수 없도록 서류를 만들었어."

아주머니는 애정 어린 말투로 차분하게 말했다.

더없이 슬픈 일이지만 지금의 그에게는 마지막 생명줄

이나 다름없는 중요한 것이다.

새로운 집에서 아주머니와 살면서 아이는 웃는 일이 많아지고 별 의미 없이 친구와 싸우거나 짜증을 부리는 일이 없어졌다고 한다. 이제야 조금 마음을 놓은 것이리라.

모든 아이를 그렇게 누군가가 돌아봐 주기를 바라지 않을 수 없었다. 그러나 그렇지 못한 아이도 많을 것이다. 아무도 돌아보지 않아 죽어 가는 아이들, 아무도 사랑해 주지 않아 폭력적으로 변해 가는 아이들. 그런 모든 아이들 하나하나가 지구 전체의 재산이라는 것을, 아이를 버린 부모들은 생각지 못한다.

"자, 이제 집에 가자."

아주머니가 그렇게 말하자 아이는 하던 게임을 그만두고 벌떡 일어났다. 우리 아이만 소파에 그대로 널브러져 있었다. 그럴 수 있다는 행복을 우리 아이는 아직 모르고, 너무 행복해서 어쩌면 평생 불쌍한 일을 모르고 지낼 수도 있다.

여행 아닌 여행기

"잠깐 화장실에 갔다 올게요." 하고 아이가 말했다. 아주머니와 우리는 현관에서 기다렸다. 아이가 후다닥 화장실에서 나왔다. 물을 내리자마자 나와 바지를 끝까지 올리지 못한 상태였다.

그리고 아주머니를 보고는 작은 소리로 "있다." 하고 말했다.

아주머니가 있어서 다행이라는 말이다.

지금까지 아무것도 모르는 채 몇 번이나 여러 장소에 홀로 남겨진 아이만이 할 수 있는 말이었다.

아주머니와 아이는 손을 잡고 밤길을 사이좋게 돌아갔다. 아마 앞으로도 평화롭고 사이좋게 지내리라. 그의 기억에서 언젠가 힘들었던 일도 홀로 남겨졌던 일도 사라지고, 아주머니와의 생활이 자연스럽게 가족의 생활이 되었을 때 홀로 남겨진 적 없는 아이와 같아지리라. 부모와 지내는 평범한 아이처럼 아주머니와 다투기도 하고 서로 아끼면서 어른이 되어 가는 갖가지 과정을 이겨 내리라.

그래도 작은 목소리로 "있다."라고 한 말은 사라지지 않는다. 그 말을 할 권리는 그만의 고귀한 것이다.

고통스럽지만 소중하게 간직한 다이아몬드 같다. 오직 그만의 것이다. 설령 그가 언젠가는 잊는다 해도 거기에 있으리라. 그를 버린 부모들이 그를 잊어버린 날에도 거기에서 계속 빛나리라.

우선 좋아할 것

나는 시간을 효율적으로 다루지 못한다. 예를 들어 밤에 약속이 있으면 거꾸로 계산하고 거기에 맞춰 생각하고 행동하는데도 '정해진 시간에 어딘가에 가야 한다.'라는 생각만으로 혼란에 빠져 지금 하지 않아도 될 일에 손을 대고는 어중간한 상태에서 집을 나선다.

모자란 인간이라고 불리기에 적합한 일이 아직 많다.

우선 집안일을 혼자서는 미처 다할 수 없어 일주일에 사흘을 세 시간씩 가사 도우미의 도움을 받는데, 그 요일을 잊어버려 아침에 청소를 하거나 도우미를 거들다가 삼십 분이 지나 버리는 등 시간 소모가 많다.

또 아이가 다니는 학교가 멀어 아침에 일찍 일어나던 때에는 매일 아침 도시락을 싸는 게 힘들어서 거의 강박 상태였다. 아침에 일어나 도시락을 싸야 할 정도면 인생에 아무 즐거움도 없다고 밤에 외출도 안 했다.

소설가로서 이래서는 안 되지! 하고는 밤늦게까지 일하고 외출하는 등 밤을 새우고 아침에 도시락을 싼 다음에 낮잠을 잔다는 작전은 보란 듯이 실패, 결국 과로로 쓰러졌다.

쓰다 보니 나 자신이 한심해졌지만 아무튼 그런 식으로 시간을 다루는 데 서툴다.

그러나 무슨 일이든 인간은 바닥을 보지 않고는 변화되지 않고 행동하지 못한다.

당시 아이는 숙제가 많은 학교에 다녔다. 성적은 좋아졌지만 쉴 틈이 없었다.

아이도 숙제 때문에 잠이 모자라서 우울하고 예민해

졌다.

그래서 과감하게 숙제가 없는 학교로 전학을 시켰다.

여전히 도시락을 싸야 했지만 아침에 일어나는 시간이 삼십 분 늦어져 아이가 심드렁한 표정으로 꾸물대며 일어나는 일은 없어졌다.

겨우 삼십 분인데 도시락을 싸는 일도 꽤 즐거워졌다.

웃는 얼굴로 먹는 사람에게 싸 주는 것과 우울한 표정으로 끼적거리는 사람에게 싸 주는 것은 전혀 다르다.

게다가 아주 대충 싸기로 했다. 어느 날은 전날 밤에 먹다 남은 팥밥을 주무른 주먹밥에 옥수수, 당근채 무침, 된장국……이었다.

아침에 아무것도 새로 만들지 않는다. 담을 뿐이다.

그런데도 뭔가가 변했다.

시각적으로 즐거운 색의 조합이 나오면 뭐가 되었든 상관없다는 식으로 바꾼 이유도 컸다.

그랬더니 즐거워졌다. 빨간색, 노란색, 오렌지색이 알록달록하니까 됐지 뭐 하는 식이다. 영양은 된장국 건더기로 챙기면 된다.

청소는 하고 싶은 시간에 하기로 했다.

밤 10시든 아침 6시든 편한 시간에 쓱 하는 것이다. 그리고 세세한 부분은 잠깐 틈을 내서 닦으면 된다. 바닥 걸레질은 가사 도우미에게 부탁하고, 결과에 대해서는 절대 꼬집지 않기로 했다.

우선순위도 확실히 했다.

나는 주된 일이 주부업이 아니다. 가족을 위해 돈을 벌어야 한다. 그러니 우선은 소설을 쓴다. 그다음으로 체력 관리가 중요하니까 매일 조금씩이라도 운동을 한다. 그다음은 가족을 보살피는 일. 가족을 보살피는 일이란 집안일이 전부가 아니다. 마음을 헤아리고, 아이에게 다래끼가 생기면 병원에 데려가고, 아빠 일이 바빠 보이니까 밤에는 일찍 재우는 그런 일이다. 사교와 쇼핑과 기분 전환에 관련된 일은 가장 나중이다. 그러면 기분 전환에 시간을 빼앗길 일이 없다.

이렇게까지 명확하게 구분해 놓고 나니 마음이 흔들리

지 않았다.

그리고 가장 중요한 점은 하기 싫은데 의무감으로 꾸역꾸역 하지 않는 것이다.

누구에게나 의무감 때문에 싫어도 억지로 해야 하는 일이 한두 가지는 있을 것이다. 그런 일은 최대한 가볍게 해치우고 즐거운 일을 보다 많이 한다. 그러면 왜 그런지 기분도 밝아지고 효율도 좋아져 모든 게 잘 돌아간다.

내가 어릴 때 어머니는 지병인 천식이 도졌다. 집 안이 더러우면 천식에 좋지 않아 매일 죽어라 청소를 했는데, 그러자니 지치고 싫어서 견딜 수 없는 악순환이 계속되었다. 투덜거리면서 억지로 청소하는 어머니를 보면 내 방을 깨끗이 하고 싶은 마음마저 사라졌다.

끝이 없는 집안일을 계속하다 보면 이 악순환에 빠지기 쉽다.

과감하게 무엇보다 자기 기분을 우선하면 의외로 잘 돌아간다. 그런데 그렇게 변화하기까지 20년이나 걸린 걸

보면 인간에게 '하고 싶지 않은 일을 억지로 하는 것'이 어떤 유의 쾌감과 연결되는 덫이지 않나 싶기도 하다.

어디로 인도하는 덫인지 그건 간단하다.

상황과 남 탓을 할 수 있다는 것.

그러니 우선은 좋아하게 되는 것이 중요하다.

적당히 예쁜 색이 되게만 만들었더니 도시락마저 사랑스러워졌다.

언젠가 아이가 집을 떠나도 이 도시락은 못 버리겠지 하고 그렇게 보기 싫던 똑같은 상자가 소중해졌다.

인생에 그보다 중요한 것은 아마 없지 않을까 싶다.

지켜 준다

여든을 앞둔 봄, 어머니가 구급차로 병원에 실려 갔다.

잠을 자지 못해 복용했던 수면제의 부작용으로 의식이 혼미해져 가족 모두가 심하게 당황했다. 아버지가 내게 직접 전화를 걸었을 때 '보통 일이 아니네.' 하고 생각하는 동시에 아버지도 한 남자로서 아내가 이상해져 동요하고 있다는 걸 절감했다. 아버지는 어머니의 의식이 또렷하지 않더라도 시설에는 보내지 않겠노라고 말했다. 당신의 내일도 알 수 없는데 그렇게 말했다. 젊은 날의 아버지 같은 단호함이었다.

어머니는 의식이 몽롱한데도 손자인 내 아들, 세 살 짜리 꼬맹이의 이름을 계속해 불렀고 그의 환영을 보았다.(그렇게 걱정했는데 뒷전으로 내몰린 가엾은 아버지.)

하나라도 손자를 낳기를 정말 잘했다고 생각했다. 내가 혹여 노벨 문학상을 받더라도 이렇게 기뻐하지는 않을 것이다.

그리고 그렇게 사랑받는데 걱정도 주저도 없이 여유롭게 행동할 수 있는 아이란 존재의 대단함도 알았다.

아아, 조금이라도 더 아이같이 열린 존재로 살아가고 싶다, 하고 생각했다.

그 후로 어머니의 입원 생활은 상당히 오랜 기간 계속되었다.

매일 저녁에 병원에 전화를 걸어 꼬맹이의 목소리를 들려주었다. 저녁때 어머니와 전화로 얘기하는 행복도 알았다.

나와 어머니는 여러 가지 우여곡절로 서로를 미워한 시

기도 있었지만 그건 어느 집에나 있는 일이다. 아무튼 지금이 가장 소중하다.

어머니는 체중이 35킬로그램까지 줄어 뼈만 앙상한 상태가 되었고, 원인을 모르는 현기증도 나아지지 않았다.

뼈와 거죽만 남은 어머니의 다리는 주무르면 거죽이 벗겨질 듯한 느낌이었다. 혈액 순환도 좋지 않아 얼음처럼 차가워서 어떻게 해도 좀처럼 온기가 돌지 않았다.

그런 날들 속에서도 나는 어머니의 침대에 벌렁 누워 텔레비전을 보면서 가능하면 오래 병실에 있었다.

꼬맹이는 어머니 머리맡에 있는 손가방에서 사탕을 멋대로 꺼내 핥아 먹곤 했다.

모두가 불성실한 간병인이었다.

기침이 멈추지 않아 옆 침대 사람에게 미안하다며 어머니가 1인실을 원했다. 그 때문에 우리 가족은 그 기간 내내 평소보다 두 배로 일했다. 다행히 1인실로 옮기자 언니는 냉장고에 맥주를 잔뜩 쌓아 놓고 하루의 마지막에는 병실에서 제 손으로 만든 안주를 어머니와 함께 먹으면서 맥주를 마시고 자전거를 타고 돌아갔다.

그렇게 적당히 불성실한 것도 사는 힘에는 중요하다.

그런데도 어머니는 병원이 싫다고, 고양이를 만지고 싶다고 하고는 힘을 내서 퇴원했다.

나는 이번에는 오래가려니 했는데 어머니의 적극적인 태도에 조금 감동했다.

집에 돌아온 어머니는 "광고에서 본 도미소금구이가 먹고 싶구나."라고 했다.

언니가 암염과 도미를 사 와서 만들었다.

바로 만든다는 것도 대단하지만 손재주가 많은 언니는 한번 본 요리는 어떻게든 만들어 내는 특기가 있다.

소금에 뒤덮인 도미는 만화가인 언니가 모양을 만들어 그런지 어째 만화 같았고, 소금에 그린 그림도 어디로 보나 언니의 화풍이어서 흥미로웠다.

어머니는 떨리는 손에 나무 숟가락을 쥐고서 소금을 밀어내고 하얀 살집이 두꺼운 곳을 "맛있다." 하며 먹었다. 좋은 장면이었다. 입원 전에는 아무것도 먹지 못했고, 병원에서는 "눈앞에서 만든 걸 먹고 싶다."라며 환자식에 거의 손을 대지 않던 어머니가 조금이나마 맛있게 무언가를 먹고 있었다.

먹고 싶다는 생각이 있다는 것은 곧 살아 있다는 뜻이라고 생각했다.

퇴원은 했지만 어머니는 누워만 있는데도 어질어질해서 배를 탄 기분이라고 했다. 일어섰다가는 자주 넘어지곤 해서 우리 가족은 해마다 가는 이즈 여행이 올해는 힘들겠다고 판단했다. 그런데도 어머니는 "마지막일지도 모르는데 무슨 일이 있어도 가고 싶다."라고 했다.

그런 말을 들으면 마음이 약해진다.

우리는 어이없게도 내 옛 남자 친구에게 운전을 부탁했다. 그는 딸을 학교에 데려다주기 위해 거의 당일에 이즈를 왕복해야 했는데 "어머니를 위해서라면." 하고는 흔쾌히 수락해 주어 아무튼 어머니를 모시고 이즈에 갔다.

숙소에 도착했지만 어머니는 이부자리를 깔고 누워만 있었고, 창문 밖에 바다와 산이 보이는 것도 아니라서 그저 이즈로 장소를 옮겼을 뿐이었다.

그런데도 어머니는 "오길 잘했다." 하면서 거의 기다시피 아래층으로 내려가 온천에도 들어가고 날마다 머리도 감았다. 언니와 나도 어머니의 야윈 등을 씻어 줄 수 있어 기뻤다.

어느 밤 상태가 좀 좋으니 다 같이 선술집에 가서 한잔하고 싶다고 해서 어머니를 휠체어에 태우고 나섰다. 꼬맹이가 자기도 휠체어에 타겠다고 고집을 부리자 어머니는 꼬맹이를 무릎에 앉히고 꽉 껴안았다. 언니가 휠체어를 밀었는데 꼬맹이가 더 오래 타고 싶다고 해서 먼 길로 돌아갔다. 남편이 슬쩍슬쩍 도와주기도 하면서 우리는 밤길을 걸었다.

어촌의 골목길은 캄캄했다. 아침이 이른 사람들이라 밤 10시인데도 창문에 불빛이 없었다. 복잡하고 좁은 길에 가로등도 없다. 소리도 거의 없다. 하늘을 우러르니 별이 보였다.

나나 언니나 어릴 때부터 해마다 올려다보던 정다운 별이었다.

옛날에는 아버지는 재킷을 입고 어머니도 옷을 반듯하게 차려입고 당시로는 쉬 탈 수 없었던 신칸센을 타고 이즈에 내려서는 차를 타고 이 동네로 왔다. 가깝지 않은 길이었다. 나와 언니는 투닥투닥 다투고 수다를 떨고 불꽃놀이를 하고 옥상에 올라가고, 그렇게 해마다 이 동네를 오가며 성장했다. 쌓이고 쌓인 많은 추억이 세세한 것은 기억에서 멀어졌어도 밝고 커다란 하나의 이미지로 몸에 배었다.

그래서 옛날과 다르지 않은 오래된 집을 보면 별 의미 없이 가슴이 뭉클해졌다. 이 집에 있던 멍멍이가 이제는 없네, 이 앞길에 그때는 이런 가게가 있었는데 없어졌네, 그런 일이 자잘한 일화가 아니라 분위기로 애틋하게 되살아난다.

너무 어두워서 꼬맹이가

"무서워, 어두워서 무서워." 하며 어머니에게 매달렸다.

어머니는

"괜찮아. 무슨 일이 있어도 할머니가 꼭 안아서 지켜 줄 테니까 아무 걱정 마."

하고 철없이 무릎에 앉아 있는 꼬맹이의 무게와 피로를 느껴 떨리는 목소리와 손으로 말했다.

'제대로 걷지도 못하면서 뭐라는 거야.'라고는 생각하지 않았다.

만약 그렇게 생각하는 사람이 있다면 그런 사람이야말로 그냥 약한 사람이다.

그때 어머니는 몸을 단련해 근육이 불끈불끈한 사람보다 강했다.

꼬맹이만큼이나 나 역시 그런 어머니가 듬직했다.

최근 들어 빈번한 아이를 노린 끔찍한 사건, 어떻게 그럴 수 있는지 어이없는 살인, 돈 얘기만 하는 사람들, 그런 것들로부터도 아이가 지켜지고 있다는 느낌이 들었다.

그런 뉴스를 보면 갑자기 불안해지고 누군가가 위협하

고 있는 듯한 기분이 드는 것이 이 세상의 보통 엄마들이라고 생각한다. 물론 나 역시 평소에는 그런 기분이고 아주 소중한 것을 껴안은 채 이 세상을 살아가야 하니 조금은 우울해지기도 한다.

그런데 그 순간에는 '이보다 더 강한 건 없지.' 하고 느꼈다.

가령 사람이 죽었어도, 몸이 마음대로 움직이지 않아도, 겁탈을 당하거나 살해당했어도 절대 사라지지 않는 강한 것이 이 세상에는 있다. 지금 어머니의 무조건적인 강한 마음 같은 것.

이런 정체를 알 수 없고 논리적이지 않은 힘이 면면히 인류를 움직여 왔다.

이렇게까지

여든두 살 어머니가 겨울 동안에 몹시 허약해져 이른 봄까지 계속 입원해 있었다.

퇴원하자마자 친정 근처에 있는 묘지에서 불꽃놀이 대회가 열렸다. 무리겠다 싶었는데 결국은 어머니와 불꽃놀이를 구경하러 갔다.

현장에서 최대한 가까운 곳에 택시를 세웠다. 우선 다리가 불편한 여든다섯 살의 아버지가 거의 구르다시피 움직여 휠체어로 몸을 옮겼다. 뒤이어 어머니가 휘청휘청 걸어 겨우 휠체어에 몸을 실었다. 팔에는 링거 바늘 자리가 아직 시퍼렇게 남아 있었다.

모두의 도움을 받아 어머니가 자리를 잡았을 때 내 입에서 나도 모르게 "이렇게까지."란 말이 나와 다들 픕 웃음을 터뜨렸다. 하지만 행복한 웃음이었다고 생각한다.

어머니는 벚꽃을 올려다보면서 맛나게 맥주를 마셨다. 손은 떨었지만 벚꽃이 예쁘다, 병원에서 나오니 좋다고 몇 번이나 말했다. "어릴 때는 이 묘지 일대가 우리 마당이었어, 그래서 이 부근에 관한 건 뭐든 다 알아." 하며 옛날을 그리워하는 표정이었다.

애써 참느라 아무 말도 하지 않았지만 아버지는 어머니가 집에 없는 동안 허전했는지 어머니 옆에서 흐뭇하게 맥주를 마시며 말없이 벚꽃을 보고 있었다.

그 묘지는 내가 어린 시절에 아버지와 함께 산책하던 곳이기도 했다.

나는 유치원을 1년밖에 다니지 않았다. 나같이 멋대로 구는 아이에게 집단생활은 지옥이었다. 그 이후의 인생은 이미 어른의 고뇌로 가득했다.

그 이전의 인생은 지금 생각해 보니 천국이었다. 매일 걸어서 삼십 분 걸리는 드넓은 묘지까지 느긋하게 산책을 하러 다녔다니. 그러나 그 시절에는 그런 산책이 행복한 일인지 몰랐다. 어머니 고향 동네의 묘지에서 뛰어다니고, 묘지 안 공원에서 놀고, 아버지와 저녁 찬거리를 사 들고 지쳐서 집에 돌아와 아버지가 지은 밥을 먹고 잠들었다.

그 무렵 어머니의 건강이 좋지 않아 저녁은 아버지가 지었다. 근처에 있는 제일 큰 상점가에서 크로켓이나 어묵이나 다짐육 부침을 사는 길에 묘지에 다녀왔을 것이다. 반찬은 전부 사 온 것이었지만 아버지와의 즐거운 추억으로 남은 저녁이었다.

그 묘지는 숲이 적은 도시에 사는 사람들에게는 오아시스 같은 장소다. 저명한 사람들의 무덤도 많고 주위에 유명한 과자 가게도 있어서 관광객이 많이 찾는다. 벚꽃 시즌이 오면 꽃놀이를 즐기는 인파가 진을 친다. 묘지인

여행 아닌 여행기

데, 하는 생각도 있을 수 있지만 내가 자란 동네에서는 당연한 일이었다.

우리 가족은 친구와 지인을 불러 그곳에서 몇십 년이나 해마다 꽃놀이를 즐겼다. 그중에는 돌아가신 분도 있다. 우리 부모님 또한 앞으로 몇 번이나 꽃구경을 할지 알 수 없다.

그러니 그건 "이렇게까지" 하면서도 해야 하는 일이다.

보상

"예전에는 그렇게 귀엽더니 자꾸 건방져져서 정말 아쉽네."

어머니가 늘 그렇게 말했던 기억이 있다.

유치원을 졸업할 무렵까지만 해도 나는 아주 얌전하고 귀여웠던 것 같다.

그런데 서민 동네의 가혹한 초등학교에서 신나게 놀다 보니 점점 말만 많아지고 귀염성은 잃어 간 듯하다.

'할 수 없잖아, 아이는 아이대로 사정이 있는데.'라고 나는 생각했다. 나도 내 아이에게 비슷한 말을 늘 하지만 정말 귀여움을 잃었다고는 생각지 않는다.

그래서 어머니가 진심으로 하는 말이라고는 생각지 않았다.

그래도 반복해서 같은 말을 들으면 기분은 별로 좋지 않았다.

몸이 약해서 하고 싶은 일을 할 수 없었던 어머니는 내가 작가가 된 것을 그리 축복해 주지 않았다. 눈에 보이게 질투를 하고 심술을 부리거나 일부러 듣기 싫은 말을 했다.

부모가 되어서 참 심하다고 생각했지만, 온갖 장소에서 웃음 뒤에 가려진 질투를 받으며 살다 보니 속에 숨기고 있는 것보다는 솔직해서 그나마 낫다고 생각하게 되었다.

어머니 방의 가장 소중한 책을 모아 둔 책꽂이에 내 책이 죽 꽂힌 걸 보면 사이좋은 모녀는 아니었지만 그래도 사랑받았다고 언제나 생각할 수 있었다.

부모님이 모두 서민 동네 출신이라 동네 사람들과 서로

도우며 사는 것이 당연한 분위기 속에서 자라 그런지 어른이 되어

"남에게 그렇게까지 하다니 이상하네."

라는 소리를 많이 들었다. 누군가에게 뭔가를 의논하면 우선 그렇게 말했다.

보통은 그렇게까지 하지 않나? 하지만 우리 집에서는 당연한 일이었는데 하고 생각한다.

언제부터인가 내가 한 일에 '보상이 없어도 괜찮지 뭐.'라고 생각하게 되었다. 도움을 줬는데 오히려 곡해하고 괜한 간섭이라면서 떠나간 사람이 있어도 나름 후회 없는 행동을 하고, 이제 더는 무리라고 나름대로 선을 분명하게 긋고, 인간이니 물론 흔들릴 수도 있지만 가능하면 흔들리지 않게 다짐하고…… 아직 멀었지만 좋게 말하면 타인을 돕는 마음, 나쁘게 말하면 오지랖을 내게서 없애고 싶지 않다.

옛날에 어머니가 지방에서 올라온 지인의 딸을 무척 귀여워한 적이 있다. 정말 귀여운 아이였고, 거의 매일 우

여행 아닌 여행기

리 집에서 저녁을 먹다시피 했다.

그녀가 건강을 해쳤을 때 모두가 어떻게든 힘을 보태고 싶어 했다. 건강을 해친 그녀는 일을 제대로 할 수 없어 결국 고향으로 내려갔다. 지인은 "댁에서 좀 돌봐 줄 수 없겠느냐."라고 했지만 병약한 어머니는 병에 걸린 아이를 책임지고 맡기는 힘들다고 거절했다.

그래도 걱정된 어머니가 그녀 가족에게 전화를 걸어 "이런 곳에서 무리하다 쓰러질지도 모르니 이렇게 하면?"이라고 얘기했다.

그러자 그쪽에서 이렇게 말했다.

"왜 남의 집 일에 그렇게까지 나서요? 괜한 간섭하지 말아요."

나도 그런 말을 많이 들었기 때문에 잘 안다.

도쿄에 있는 동안 근처에 살 수 있도록 하고, 밥을 먹이고, 친구도 많이 소개하고, 병원도 소개하고, 병원에 갈 때는 같이 가 주고, 면회도 매일 가다시피 했고…… 가만히 내버려 둘 수가 없어서 스스로 좋아서 한 일이라고는 하지만, 아무튼 그렇게 대했는데 나중에는 그런 말을 듣는 게 보통이다.

그 후에 어머니가 그녀 얘기를 잘 하지 않아 상처가 컸다는 걸 알았다.

나는 어머니가 통화를 하면서 남의 집 일에 관해 열심히 조언하는 말을 들으면 "또 괜한 간섭"이라고 얄밉게 말했기 때문에 냉정할 수 있었지만 어머니가 그런 소리를 들었을 때는 나도 모를 분노가 치밀었다.

겉으로는 침착하게 보고 있었지만 '이런 스타일의 손윗사람에게 나이도 상당히 어린 사람이 그렇게 말하다니 세상이 언제 이렇게 삭막해졌나.' 하고 속에서는 분한 감정이 일었다.

남인 그 집 딸이 도쿄에 있을 때 어머니가 얼마나 아끼고 돌봐 줬는지 아느냐, 하고 가장 해서는 안 될 말이 입에서 나올 뻔했다.

그런 어머니가 노쇠해서 정신이 오락가락하고, 청결을

지나치게 좋아한 나머지 힘겹게 유지했던 수많은 습관에서 해방되고, 언제나 무슨 일이든 하지 않으면 불안해하는 성격도 사라졌다. 거의 종일 잠을 자고, 가끔 손님이 와도 누가 왔는지 일일이 기억하지 못한다.

그런데도 나는 아직 어머니 방에 오래 있으면 옛날처럼 화가 날 것 같아 여전히 어머니 방이나 입원 중인 병실에 오래 있지 못한다. 세 살 버릇 여든까지 간다더니 세월이 흘러도 그렇다.

어머니는 대퇴골이 양쪽 다 부러져 양옆에서 부축하지 않으면 걷지 못한다.

얼마 전에 언니와 함께 어머니를 부축해서 2층으로 데려가 침대에 눕혔다. 언니는 먼저 아래층으로 내려가고 나는 어머니의 거친 숨이 진정될 때까지 그대로 어머니 팔을 붙잡고 있었다.

"오늘 운동은 다 했으니까 이제 푹 쉬어."

나는 그렇게 말하고 어머니를 꼭 껴안았다.

그랬더니 어머니가 불쑥 말했다.

"어머나, 귀엽네. 정말 귀여워."

그러고는 나를 꼭 껴안았다.

나는 깜짝 놀라서 눈물을 찔끔 흘렸다.

그런 일이 있었다는 사실도 어머니는 이미 잊었을 것이다. 하지만 순간적으로 그렇게 말해 줘서 고마웠다.

할머니와 간병하는 사람으로서가 아니라, 치매가 와서 이제 어린이로 돌아간 어르신과 중년 여자로서가 아니라, 그쪽은 어른이고 이쪽은 아이라는 입장으로 돌아가 한순간 빛났다는 것이.

그런 일은 이제 없을 줄 알았다. 내가 어떻게든 다부지게 굴어야 한다고 생각했다.

그런데 아니었다.

의외의, 그리고 멋진 것을 신(같은 존재)은 늘 마련해 준다고 생각하게 되었다.

그리고 그 순간은 우리 모녀의 그리 아름답지 않은 역사 속에서 빛나는 깨알 다이아몬드로 언제까지나 남으리라고 생각했다.

혼자 살기

우리 아버지는 일반적인 의미의 우아함이나 지성미는 전혀 없다.

규슈에서 배 만드는 목수의 아들로 태어났으니 뭐.

내 경력을 본 사람들 대부분이 '대학교수의 딸' 같은 인상을 떠올리는 듯한데 전혀 그렇지 않다.

다다미방에서 배를 드러내 놓고 뒹굴었고, 욕실에서 홀딱 벗은 채 나왔고, 뭐든 손으로 집어 먹었다.

나는 그런 가정에서 자랐다.

현관에는 자물쇠가 없어 다들 대충 드나들었고, 책상

에 놓인 과자도 마음대로 집어 먹었고, 심할 때는 남의 집 냉장고도 마음대로 열었고, 단수가 되면 이 집 저 집의 화장실을 빌렸고, 잠이 쏟아지면 아이들이 시끄럽게 떠든다고 남의 집에 가서 낮잠을 자고, 그 정도로 여유로운 환경이었다.

아버지 쪽 친척들은 더없이 성격이 밝았다. 아저씨(관계를 알 수 없다.)가 사고로 머리를 다쳐 한참이나 투병하다 돌아가셨을 때 장례식에서 아주머니와 사촌이 동시에 머리를 푹 숙이자 '아, 어떻게, 우나 봐.' 하고 철렁했는데 그녀들이 또 갑자기 "푸 흡." 하고 웃었다. 그러고는 "분위기가 너무 엄숙해서 아빠가 웃을 것 같아서."라고 말했다.

생전에도 호방하고 쾌활한 사람이었다. 집을 새로 지어 화장실에 초록색 커튼을 달았을 때는 "호, 이 커튼, 들판에서 똥을 누는 것 같아서 기분이 좋은데!" 하고 사람들 앞에서 큰 소리로 말했을 정도다.

그러나 남쪽 사람들이 그저 호방할 뿐이라고 생각하면 큰 오산이다.

　　　　　　　　　　　　　　　　여행 아닌 여행기

우울할 때는 한없이 우울해져 사람이 망가지고 만다.

그래서 아버지 쪽 친척 중에는 정신적으로 오락가락하는 사람이 많고 대개 극단적인 느낌이다. 시끄럽고 부산한 사람이 있는가 하면 아주 조용하고 차분한 사람도 있다. 할머니도 그랬다. 존재 자체가 조용하고 별다른 주장은 하지 않았지만 무척 강했다.

며칠 전에 아마쿠사에 가서 먼 친척을 처음 만났는데 갑자기 찾아갔던 터라 그쪽은 잠옷과 평상복 차림, 그럼에도 차분하고 조용하고 기품이 있었다. 이 사람들 좋네 하고 나는 푸근하고 애틋해졌다. 바로 갈 거예요, 하자 안에서 비타민 음료를 사람 수만큼 챙겨 나와 안겨 주었다. 그런 태도야말로 인간의 품성을 나타낸다.

그리 친하지 않은 사람이니 무슨 곤란에 처했어도 집안에 들이지 않는다, 옷차림이 너저분해서 음료를 대접하지 않는다, 대도시의 화려한 거실에서 웨지우드나 로열코펜하겐 티 세트로 차를 마시면서도 그렇게 치졸한 판단을 내리는 사람이 많은 세상이다.

아저씨는 돌아가시기 전 머리를 다친 탓에 망상에 사로잡혀 친척들에게 아주머니를 나쁘게 말하고 그런 편지를 쓰기도 했다.

그런 일이 있었는데도 아주머니는 조금도 신경 쓰지 않았다. 어쩔 수 없지 뭐, 머리를 다쳤는데, 그렇게 말했다. 그 태도에는 표리가 없고, 억지스러운 오기와 상처도 없었다. 오랜 세월을 함께해서 잘 아니까 별 상관 없다는 식이었다.

나는 그 태도에 무척 감동했다. 나 같으면 마음을 앓고, 울고, 아저씨를 비난할 것이라고 생각했다. 아저씨가 죽는다는 생각보다 자신이 가엾다는 생각으로 머리가 가득했을 것이다.

그렇다고 아주머니가 슬퍼하지 않은 것은 아니라는 점도 놀라웠다. 아주머니나 사촌이나 웃으면서도 슬퍼했다. 죽음을 인간 삶의 여정으로 받아들이고 충분히 곱씹으면서 자신을 유지하고 있었다. 그 빛나는 눈동자에서 그렇다는 게 전해졌다.

나는 아직 한참 멀었네 하고 생각했다.

내가 처음 혼자 살게 되었을 때 아버지는 무슨 생각이 있었는지 자전거를 타고 재래시장에 가서 공구 세트를 사 와 "혼자 살려면 이게 가장 필요하지." 하며 선물해 주었다.

아버지는 평소 일을 할 때는 존경스러울 만큼 날카로운 고찰을 하지만 간혹 '그건 좀.' 싶은 말을 할 때도 있다.

"접시와 엉덩이만 잘 닦으면 나머지는 적당히 해도 괜찮다."라든지, "덧문을 닫지 않고 자면 몸에 안 좋다."라든지.

여자 혼자 사는데 공구 세트라니. 그때도 그런 느낌이었다.

하지만 나는 감사히 받았고, 지금도 소중하게 간직하고 있다.

그런 의미에서 내가 자란 집은 격식 없고 편했지만 역시 보통 집과는 달라 성가신 일도 많았다. 절대 평화롭고 밝은 가정이 아니었다.

너무 성가시고 힘들어서 나는 훗날 평화롭고 밝은 가

정의 아들이겠다 싶은 남자와 연애하고 동거했다.

왜 결혼을 못 했는지 지금도 미궁이지만 나는 그때 비로소 어른이 되었다고 생각한다. 가족이고 싶었던 평화롭고 밝은 가정, 그러나 실은 조금도 평화롭지 않았다. 누가 어느 집 뒤를 잇고, 누가 어느 집 빚을 갚고, 어느 집과는 사이가 안 좋으니 길에서 마주쳐도 아는 척하지 않는 거대한 목적하에 결속이 단단했을 뿐이었다. 그 집안에 들어간다는 것은 하나가 되어 그런 일에 부딪쳐도 감수한다는 뜻이었다. 가족이란 것의 형식이 전혀 달랐다.

언젠가 그가 공구가 필요하다고 해서 빌려주었다. 편하게 사용했는지 드라이버는 서랍에, 망치는 아무 데나, 벤치는 공구 상자의 다른 자리에 넣은 채 그대로 놔두었다.

내가 "이 공구 세트는 아버지에게 선물받은 소중한 거니까 다 제자리에 돌려놓아."라고 하자 그는 미안하다며 공구 상자의 제자리에 가지런히 돌려놓았다. 나는 그때 불쑥 '같이 사는 사람이 소중히 여기는 것을 여기저기 아무렇게나 놔도 괜찮은 집 사람이었네.' 하고 생각하는 동시에 '결혼은 못 하겠다.' 하고 확신했다.

딱히 화가 난 것은 아니었다. 그냥 '이거 안 되겠네.' 하고 생각했다.

지금도 이유는 알 수 없지만 그 생각은 틀리지 않았으니 본능적으로 확고한 것이었으리라.

가끔 그렇게 묘한 확신이 어디선가 내려올 때가 있다.

아버지의 혼이 깃든 공구는 여기저기 아무렇게나 놔뒀다가 소리 없이 사라져도 되는 물건이 아니었고, 그는 '가족이 된 사람의 물건은 다 같이 편하게 사용할 수 있는 것이니 피차 좋게좋게 재미나게 살자.'라는 환경이 가장 편한 사람이었으리라. 어느 쪽이 나쁜 것은 아니다.

하지만 나는 왠지 몰라도 아버지가, 할아버지가, 증조할아버지가…… 내 안에 흐르는 그 사람들의 피가 나와 그 사람의 결혼을 반대하는 듯한 기분이 들었다.

아버지도 이제 여든다섯 살이라 정신이 똑바르다고는 할 수 없는 상태다. 잠들어 있는 때가 많아 식물이 시들다 말라 가듯이 조금씩 생명의 빛이 꺼져 가고 있다.

그날처럼 자전거를 타고 우에노까지 씽씽 달려가는 모습은 이제 볼 수 없다. 하지만 그렇게 확신에 차서 "혼자 살려면 공구가 필요하다."라고 했던 투박한 태도를 나는 언제까지나 소중히 여기려고 한다. 커튼도 아니고 예쁜 냄비도 아니고 카펫도 아니고…… 사실은 좀 더 비싼 것을 사 주거나 뭐가 필요한지 물어 주는 세련된 아버지를 기대했지만 지금은 분명하게 생각한다. 그런 아버지라서 좋았다. 이렇게 터프한 내게는 딱이다.

따뜻한 것

한 친구의 집이 군마에 있다.

맛있는 양과자 가게를 한다. 아이가 생기기 전에는 한가로울 때 간혹 놀러 갔다.

지금은 아이가 있어 좀처럼 못 가지만 친구 어머니가 계절이 바뀔 때면 과자와 채소와 군마 특산품과 손수 담근 장아찌와 어묵과 절임을 보내 주시곤 한다.

시골에 연고가 없어 늘 동경했던 나로서는 시골 사는 어머니가 보내 주는 선물 같은 것이라 늘 고맙게 받아 맛있게 먹는다.

우리 어머니는 요리를 잘 안 했지만 언니는 요리 솜씨가 좋다.

내가 출산하던 날 언니는 한창 독감을 앓는 중이라 오지 못하는 대신 닭튀김을 잔뜩 만들어 보내 주었다. 산원에서는 상큼한 음식만 먹어야 해서 늦은 밤 막 태어난 아기 앞에서 닭튀김을 먹는 내가 우스워 웃고 말았다. 여전히 따끈하고 맛있었다. 여기에 맥주까지 있으면 최고인데 하면서 아기를 향해 찻잔을 들어 건배했던 멋진 추억이 있다.

내가 입원하거나 쓰러지면 언니는 늘 따뜻한 음식을 만들어 보내 준다.

그런데 이번 겨울 두 번이나 독감에 걸려 쓰러졌는데 때맞춰 치료하지 못해 열이 40도나 오르는 날이 계속되었다. 귀는 들리지 않고 몸을 일으키기도 쉽지 않은 내게 따뜻한 음식을 보내 주는 이는 아무도 없었다.

언니도 건강을 해쳐 입원했기 때문이다.

어머니가 감기로 입원, 아버지는 위독, 언니도 병원.

친정이 없어진 듯한, 거기에 가면 늘 가족이 있던 날들이 꿈만 같은 기분이 들었다. 그러나 이성적으로는 알고 있었다. 아버지는 몰라도 나머지 사람들에게는 아직 내일이 있고, 회복되면 아슬아슬할 수도 있지만 아직은 아버지를 만날 수 있다. 그렇게 생각하고 밝게 지내려 했다.

그러나 몸이 마음대로 움직이지 않는 그때는 모든 것이 사라질 듯한 슬픈 심정이었다. 살아 있는 것조차 힘겨운 상태여서 더욱 그런 느낌이었으리라.

아침이 오면 겨우겨우 도시락을 싸서 아이를 학교에 보냈지만 나 자신은 아무것도 목에 넘어가지 않았다. 어지러워 누우면 다시 일어날 수가 없었다. 화장실에 가기도 힘들었다.

과일과 물로 긴긴 오후를 보내고, 남편이 집에 돌아오는 길에 사 온 음식도 겨우 한 입, 그런 날이 오래 계속되었다. 밖에서 파는 반찬류가 얼마나 기름지고 짠지 알았

다. 허약해진 몸이 그 맛을 받아들이지 않았다. 동네 태
국 음식점 언니가 만들어 준 태국식 죽은 그나마 먹을 수
있었다.

그러던 어느 날 아침, 누워 있기도 힘들고 괴로운데 누
가 만들어 준 부드러운 뭔가가 먹고 싶었다.

태국 음식점 언니에게 몇 번이나 부탁하기도 미안하고,
그때 가장 먹고 싶은 것은 아무리 생각해도 건더기가 많
이 들어간 된장국이었다.

내 손으로 만들려니 재료를 사 와야 했다. 병원에도 살
살 걸어서 겨우 다녀오는 내가 갖가지 채소를 사 오는 것
은 무리였다. 남편에게 부탁하려니 밤이 되면 열이 또 올
라 만들 수 있을지 알 수 없었다. 서서 토란 껍질을 벗길
자신도 없는 상태였다.

건강이란 참 중요한 거네, 별 생각 없이 매일 하는 일들
이 참 소중한 거네 싶었다. 채소를 골라 사고, 자르고, 조
리하고, 접시에 담아 다 함께 먹는다.

그 즐거움이 한없이 아득하게 느껴졌다.

나는 곧 나을 테니 상관없지만 아버지는 그런 걸 할 수 있다는 희망이 없네, 그런 생각이 들자 눈물이 흘렀다. 그런데 면회도 못 가고, 갔다 하면 그날 체력을 모두 소진하고 마는 답답한 시기였다.

그때 문득 군마의 친구 어머니가 만든 맑은 장국 맛이 떠올랐다. 뿌리채소가 듬뿍 들어간 장국이다.

따끈하고, 아련하고, 부드러운 맛.

그렇게 친근한 사이도 아닌데 뻔뻔하려나. 어머니는 가게를 하는 사람이라 바쁠 텐데 부탁을 하자니 좀 그랬다. 하지만 그 따끈한 국물이 그리워 견딜 수가 없었다.

SOS 메일을 보내 맑은 장국을 좀 보내 주세요 하고 부탁했다.

군마의 친구 어머니는 놀라서 바로 보내 주었다. 감자고기볶음과 어묵조림과, 장아찌까지. 신선한 채소. 오랜만에 식탁이 풍성해졌다.

내가 파를 먹지 않는 것도 기억해 파를 제외한 겨울의

갖가지 뿌리채소가 듬뿍 들어 있어 달큼한 국물 맛이 그야말로 몸에 스미는 듯했다.

나는 건강을 극단적으로 지향하지는 않지만 건강하고 아무 탈 없을 때는 '에이, 뭐 어때.' 하는 식으로 기름과 설탕과 염분을 마음껏 취하고 있다는 걸 알았다. 몸에는 상당히 부담이 갔을 텐데 기분으로 먹은 것이다. 그 정도로 그 장국은 맛있었다.

기운을 되찾은 후에는 또 이상한 것도 기분으로 먹게 되었지만 그 맛은 평생 잊지 못할 것이다. 사람이 만든 것에는 그 사람의 힘이 담겨 있다. 재료의 맛에 그 사람의 삶이 실려 전해진다.

겨울의 맑은 공기를 싫어하지 않는데도 슬픈 일이 너무 많았던 탓에 그 겨울 추위는 체력이 떨어진 내게 사악하게 느껴졌다. 열을 떨어뜨리려면 땀을 흘려야 하는데 그럴 수도 없어 몸이 회복되지 않는, 얼음 같은 추위였다.

너무나도 슬픈 겨울이었다. 봄이 왔을 때는 모든 것이

끝나 있었다. 나는 건강을 회복했고, 언니도 퇴원했지만, 아버지는 이미 없었다.

그런 와중에도 별처럼 빛났던 장국 맛을 떠올리면 고마워서 또 눈물이 흘렀다. 그 장국 옆에는 태국 음식점 언니의 죽, 남편이 사 온 감귤, 친구가 보내 준 꽃다발과 과자와 딸기와 쿨 패치, 지인이 보내 준 포멜로, 매일 회복을 기원해 준 사람들의 마음……이 빙 둘러 있다. 내 생명을 붙잡아 이어 주고 아버지를 천국으로 보내 준 별들의 반짝임.

잘 알지도 못하는 내게 급한 부탁을 받았는데 서둘러 신선한 채소를 썰고 만들어 택배로 보내 준 친구 어머니의 친절한 마음을 생각하면 가슴이 뭉클해진다.

아무리 힘겨울 때에도 움츠리지 않고 마음을 열어 부탁하니 이렇게 따스하고 반짝이는 추억이 생겼다.

그 일을 앞으로도 잊지 않으려 한다.

구슬싹

아버지가 그나마 기운이 있어 집에서 지내는 마지막 모습을 본 것은 추운 1월이었다.

이 계절에 흔치 않게 팔아 많이 사서 삶았다면서 언니가 구슬싹을 들고 왔다.

구슬싹은 참마 등의 줄기에 조그맣게 달린 열매 같은 것으로 콩알만 하게 작지만 마의 짙은 향이 난다.

음식을 잘 넘기지 못하는 아버지에게 콩알 같은 구슬싹은 마침 적당한 크기였다.

옛날부터 아버지는 토란의 맛을 좋아했다.

어릴 때 살던 집에서 걸어서 십 분 정도 되는 거리에 맛탕을 파는 가게가 있었다. 튀긴 고구마에 물엿을 두르고 참깨를 뿌린 맛탕은 아이들에게 최고의 간식거리였다. 아버지는 산책도 할 겸 그 가게에 가서 맛탕을 사 오곤 했다.

그 가게에서 파는 또 하나의 메뉴가 삶은 토란이었다. 처음에는 '뭘 저런 걸 다 파나.' 했는데 자신 있게 팔 만큼 삶은 정도나 소금기가 절묘했다. 껍질이 쑥 벗겨지는 점도 아이에게는 편해서 먹다 보니 점점 좋아졌다.

거기에 가면 언제나 있는, 별거 아닌 것이라도 없어지고 나면 소중한 추억으로 뚜렷이 남는 것들이 있다. 내게는 그 가게도 그런 곳이 되었다. 그 후에는 어디에서 어떤 맛탕이나 토란을 먹어도 그 맛에 못 미쳤다. 아버지와 걸어가면서 따끈하게 먹었던 추억이 맛에 스민 것이리라.

아버지는 맛있다면서 구슬싹을 한껏 먹고는

"이건 어디에 나는 거냐? 동물이 먹는 거냐? 곰이나

여우가⋯⋯."

몇 번이나 그렇게 말했다.

동물이 먹는지는 모르겠지만 도쿄의 보통 집 마당에서도 나고 우리 마당에도 있으니까 봄이 되어 생기면 가져오겠노라고 했지만 그 약속은 이루어지지 않았다.

아버지가 마지막에 왜 구슬싹을 궁금해했는지는 잘 모른다.

며칠 후 아버지는 병원에 실려 가고 끝내 돌아오지 못했지만 내 마음에는 몇 번이나 구슬싹에 대해 묻는 다정한 아버지의 모습이 남았다.

그 모습을 생각하면 마당에 잡초처럼 돋은 구슬싹에게 고맙다고 말하고 싶어진다.

아버지는 너무 바빠서 식물을 키우거나 보살피는 느긋한 인생을 살지 못했지만 싹이 돋은 감자나 고구마를 3분의 1로 잘라 유리병에 꽂는 것은 좋아했다.

계절이 좋으면 이파리가 수없이 돋고 쑥쑥 자라 무성해

진다.

물론 양분이 다 떨어져 마지막에는 시들고 말지만 아버지 책상에 늘 하트 모양으로 자란 그 이파리들이 있던 기억이 난다.

그렇구나, 아버지가 평생 감자와 고구마와 친했구나, 내게도 그런 뭐가 있을 테지 하고 생각한다. 작지만 반드시 있을 그런 뭔가와 그 사람은 평생을 소박하게 서로 도우며 살아간다.

어느 날의 바다

어느 날 텔레비전에서 해일이 집들을 덮치는 장면이 반복적으로 방영되었다. 나는 저 안에 사람이 있다, 사람이 함께 떠내려가고 있다 하고 생각했다.

쓰레기 더미와 자동차가 뒤죽박죽 쌓인 영상으로 바뀌어도 저기에 사람이 섞여 있다는 생각을 한 번도 잊지 않았다.

내 안에 줄곧 간직되어 있던 감정이 문득 되살아났다.

해변에서 바다에 삼켜진 사람을 기다리는 감정이다.

사람들이 많이 경험하지 않았을 감정이라고 생각한다.

아버지가 바다에 빠지기 전 해에 비슷한 일이 있었다.

오전에 바다로 헤엄치러 나간 아버지가 돌아오지를 않았다.

어머니는 진지하게 말했다.

"어쩌면 정말 물에 빠졌는지도 모르겠구나. 늘 바다에서 죽고 싶다 했으니 어쩔 수 없지."

그 자리에 있던 모두가 그렇게 바로 포기하지 말라고 했지만 어머니의 눈에서는 각오가 느껴졌다.

그때 이미 많은 것이 예견되어 있었는지도 모른다.

그것을 경고라 여기고 조심했다면 현실을 바꿀 수 있었다고는 생각하고 싶지 않다.

아버지가 물에 빠진 것은 피할 수 없는 일이었다. 그렇게 생각하고 싶다.

그때 아버지는 태연하게 걸어 돌아와 이웃 해변까지 가서 헤엄쳤노라고 말했다.

그 자리에 있던 가족과 바다 친구들 모두 화를 냈다.

정말 걱정했다고, 정말 조심 좀 하라고, 안 돌아오는 줄 알았다고.

그러고는 다 같이 웃었다.

인생에는 몇 번이든 다시 하고 싶은 일이 있다. 그리고 그럴 수 없다는 것을 모두가 안다. 하지만 나는 생각한다. 그때로 돌아갈 수 있다면 뭐든 한다. 그리고 아버지에게 말하리라, 내년부터는 헤엄치지 말고 그냥 해변에 있든지, 안 그러면 반드시 보이는 곳에서 헤엄치세요, 이제 젊지 않잖아요, 꼭 그래야 해요.

하지만 그렇게 말해 봐야 아버지는 바다 수영을 포기하지 않았을 것이다.

그때 일이 언젠가 다른 형태로 우리를 덮치리라. 아버지가 아버지 성격을 그대로 유지하면서 아버지 인생을 걷는 한, 몸을 함부로 다루고, 어느 부분은 극단적으로 사용하고 다른 부분은 전혀 신경 쓰지 않는 태도로 사는 한.

인생에 따르는 버릇 같은 것.

그때는 무사히 나타난 아버지를 둘러싸고 다 같이 웃

었고, 또 헤엄치고, 점심을 먹으러 갔고, 맥주를 마시며 쉬고, 저녁때 다시 헤엄치고, 숙소에 돌아가서는 저녁을 겸한 파티를 즐겼다. 드러누워 텔레비전을 보면서 두서없는 애기를 나눴다. 한때 아버지의 행방이 묘연했다는 사실을 모두가 잊고 있었다. 하지만 나는 왠지 불안했다.

죽음에는 여러 가지 형태가 있지만, 언젠가 아버지가 죽는 날 바다에서 죽고 싶어 한다는 것을 알고는 있었지만, 나는 가능하면 그런 기분으로 며칠이나 지내고 싶지 않았다. 시신이 떠오르면 아무리 후회해도 아쉬움이 남고, 또 시신마저 떠오르지 않으면 언제까지나 그 기분으로 기다려야 한다.

나는 그 상황을 리얼하게 상상하고는 소름이 끼쳤다.

정말 아버지가 바다에 빠졌을 때 가장 현실감 있고 우스꽝스러웠던 것은 모두가 수영복을 입고 있었다는 점이다. 비키니 차림으로 심각한 애기를 나눴다. 선크림을 발라 허연 얼굴을 마주하고 있었다.

아버지가 영 돌아오지 않아 몇 명은 아까 사고가 있었다는 방송이 나왔는데 혹시 아버지가 아닐까 하고 생각하기 시작했다.

그렇지 않기를, 작년처럼 훌쩍 돌아오기를.

그렇게 간절히 바라면서 기다리는 시간은 몹시 길었다.

의혹이 점차 확신으로 변해 간다. 시골이라 휴대 전화가 터지지 않는 곳이 많아 정보가 늦게 전해진다. 그런데도 가족은 모두 웃으면서 아버지가 훌쩍 돌아와 주기를 기다렸다.

언니가 아침에 매직으로 이름을 써서 말리던 비치 보드에 누웠는지 친구 한 명의 등에 뒤집힌 언니 이름이 커다랗게 찍혀 있었다. 그와 그의 아름다운 프랑스인 부인은 그런 등을 드러낸 채 아버지를 찾으러 다녔다. 우리는 그 광경을 보면서 웃고 울었다.

사실은 이미 알고 있어서 울었다. 우리 앞에 기다리고 있을 일을.

병원에 갔지만 아버지는 이웃 동네의 더 큰 병원으로

실려간 후였다. 큰 병원에 도착해 보니 여기저기서 전화가 쇄도하고 있었다. 아버지는 그런대로 세상에 알려진 사람이고, 그런 사람이 일흔 넘은 나이에 바다에서 헤엄치다 빠지는 일은 정말 흔치 않으니 그럴 만도 했다.

시골 병원의 중환자실은 출입 통제가 철저하지 않아서 언니와 나는 비키니 위에 하얀 옷을 걸친 모습으로 면회를 했다.

웃지 못할 모습이었지만 그런 때도 언니와 나는 마주보고 웃었다.

아버지의 동공은 이미 풀어져 가고 몸은 돌처럼 딱딱하고 차가웠다. 보통 일이 아니네 하고 나는 생각했다.

이제 어제는 어떻게 해도 돌아오지 않고 내가 아이일 수 있는 시절은 불쑥 끝났다. 조금 더 천천히 오기를 바랐는데 할 수 없지, 그렇게 생각했다.

도저히 돌아갈 수 없다는 감각이 스산할 정도로 생생했다.

어제까지 슬렁슬렁 유지되었던 매일이 불과 한순간에

양상이 바뀌고 만다.

자연은 시침 뗀 표정으로 그저 거기에 있다. 아아, 내가 사라져도 있다. 그 힘의 크기, 잔인하고 박정할 만큼 거대한 무언가를 내 작은 육체로 실감한다.

갖가지 절차를 끝내고 해변으로 돌아와 보니 어찌할 바를 모르는 친구들이 그저 멍하니 앉아 있었다. 바다는 자고, 하늘은 맑고, 다른 가족과 아이들은 꺄악꺄악거리면서 바닷물 속에서 놀고 있었다. 이제 곧 저녁, 해가 서쪽으로 기우는 시간.

이렇게 어제와 다르지 않은데 우리만 다른 시간 속에 있다.

마치 스튜디오 안에서 유리창 너머로 세계를 보는 것 같았다. 소리도 조금 다르다. 어렴풋하고 고여 있는 것처럼 느껴진다. 뉴스에 보도되었는지 헬리콥터가 날아왔지만 그 소리도 시끄럽게는 들리지 않는다. 꿈속 같았다.

그날 종일 계속된 기분을 분명하게 떠올릴 수 있다.

그야말로 '바다에 삼켜진 사람을 기다리는 기분'이었

여행 아닌 여행기

다. 아버지가 발견되어 병원에 있다는 걸 알고서도 그 기묘한 기분은 달라지지 않았다.

바다는 어디까지나 이어져 있다.

아주 먼 어느 나라에는 평화로운 바다도 있을 테고 거친 바다도 있으리라. 우주를 생각하는 것처럼 막연한 불안, 고독감. 마당 끝 같은 작은 바다 어귀에서 참방거리기만 해서는 떠오르지 않는 진실. 인간은 숨이 끊어지면 덧없이 죽고, 바닷속에서는 숨을 쉴 수 없다. 그 정도는 다 안다고 생각하지만 잊고 만다. 바닷물에 얼굴을 담그면 물고기들과 눈이 마주친다. 그때는 이미 잊고 있다. 그들은 이 물속이 아니면 숨을 쉬지 못하고, 나는 이 물속에서는 살 수 없다. 그래서 둘을 가르는 것은 어마어마하게 큰데, 눈과 눈이 마주치고 그 풍요로운 세계를 들여다보고 있으면 사람은 그런 사실조차 잊고 만다.

그 기분은 어떤 틈새로 깊고 어두운 진실을 보았을 때 같은 기분이다.

죽음은 늘 옆에 있다고 하지만 죽음이 옆에 있는 게 아니다. 진실이 늘 거기에 있을 뿐이다. 그렇듯 깊고 어두운 곳을 보고 싶지 않아 사람은 불을 피우고 집을 지어 덮고 마음이 든든해질 것을 모아 왔다. 하지만 그런다고 없어지지 않는다. 지구가 우주 공간에 불안정하게 떠 있는 물에 에워싸인 별인 한, 벗어날 수 없다.

아버지는 심각한 후유증이 남았지만 목숨은 건졌다. 그러나 그 사건 후로 아버지의 인생은 참담하게 변했다. '아버지는 그때 바다에서 죽는 게 편했을지도 모르겠네, 아버지가 왜 이런 시련을 겪어야 하는 걸까? 당신의 일을 위해서라면 그나마 이해하겠지만 이제 일도 못 하는 나이에 육체적으로 심한 고통을 지고 그저 살아 있는 건 어떤 기분일까?' 하고 몇 번이나 생각한다.

어떤 꼴이라도 좋으니 그저 살아 있기만 바라는 주위 사람들은 상관없다.

그러나 심각한 장애를 껴안고 살아야 하는 아버지 본인은 과연 어떨까.

순간의 일이었으리라고 생각한다. 당뇨가 있는 아버지
는 바닷물 속에서 점차 혈당치가 떨어져 몸을 움직일 수
없었다. 그리고 빠졌다.

마음껏 먹고 마시는 생활, 그리고 책상에서 하는 일이
많고 사회적인 스트레스가 큰 일을 해 왔던 아버지 인생
에 당연히 일어날 수 있는 일이었으리라.

목숨이라도 건져서 다행이라는 마음과 함께 그 사고가
아버지의 모든 것을 빼앗아 갔다는 마음도 있었다.

이렇게 되었으니 어쩔 수 없다.

그 말을 캐치프레이즈 삼아 조금씩 조금씩 피해 다니
며 그로부터 15년 이상 지났지만, 즐거운 일도 괴로운 일
도 아주 많이 경험했지만 아직도 나는 생각한다.

내 마음의 일부는 모든 것을 변하게 한 그 해변에 아직
도 멍하니 서 있다. 그 앞에는 역시 멍하니 서서 아버지를
기다리는 어머니의 뒷모습이 있다.

현실의 어머니는 이제 걷지도 못하고, 그런 일은 다 잊
었다고 하는데 나는 아직 거기에 있다. 지금보다 조금 젊

은 짧은 머리의 나. 부모라는 글자를 쓸 때면 늘 그 어머니 모습이 떠오른다. 금슬 좋은 부부의 모습은 그다지 보여 주지 않은 두 사람이었지만 그 순간만은 떼어 놓을 수 없는 부부였다.

아버지가 마땅히 있었어야 할 평화로운 노후를 잃어버린 그날의 바다.

그 바다는 시공을 초월해 해일의 바다와 이어져 있고, 내 기분도 해변에 선 가족 잃은 사람들과 이어져 있다. 무슨 소리야, 당신 부모는 살아 있잖아, 목숨을 건졌잖아, 누군가는 그렇게 말할 수 있다. 옳은 말이다.

하지만 돌아오지 않는다는 걸 알면서 기다리는, 나쁜 소식을 가슴에 품어 눈앞이 캄캄한 상태에서 보는 거대한 바다의 힘을, 소름 끼치는 아름다움을, 세계의 틈새의 이면을 본 것에 관해서는 똑같다.

그 광경은 한번 보면 두 번 다시 예전의 자기로 돌아갈 수 없다.

돌아가지 못하는 자신을 살 수밖에 없다.

다양한 경우가 있을 것이다. 나처럼 상처는 컸지만 그래도 가족에게 돌아온 경우, 시신이 발견된 경우, 발견되지 않은 경우. 사라진 사람과 사이가 좋았던 사람들, 나빴던 사람들. 드라마가 너무 많아서 한마디로 할 수 없다는 것도 안다. 그런데도 나는 같은 해변에 서 있던 적이 있다는 생각을 거두지 못한다.

기도로 바꿀 수 있는 일이 있고 없는 일이 있다는 것을 절실하게 깨달았던 저 어둡고 길고 불안한 시간을 알고 있다고.

그럼에도 인간은 기도하고, 마음의 상처가 울퉁불퉁하게나마 나아가고, 흉물스럽게 딱지가 앉은 채 그저 산다. 공감과 격려도 힘은 되지만 누군가가 나를 대신해 땅을 딛고 서 있어 주지는 않는다. 내 발로 한 걸음 한 걸음 나아가는 수밖에 없다.

고대 사람들 역시 그 틈새 뒤에는 어둠이 있고, 그 어둠을 비추는 것은 인간의 빛뿐이라고 느꼈으리라. 지구상의 어떤 장소에서든 살겠노라 결심하고 이동한 우리의 선

조들은 알고 있었으리라. 우리 안에 그 DNA가 남아 있는 한 인류는 살아남으리라.

작가의 말

17년을 같이 산 사랑하는 개가 죽고, 그 후 곧바로 지진이 발생하고, 이듬해 아버지가 돌아가시고…… 지금은 친구 한 명이 퇴원할 수 없는 입원 상태에 있습니다.

이렇게 더듬어 보니 얼마나 슬프고 큰 2년이었는지……!

옛날의 나 같으면 무서워 아마 만나러 가지 못했을지도 모른다.

가지 않으면 그 기운찬 모습 그대로 남아 있고, 내 일상은 변하지 않는다. 그저 여느 때처럼 바쁘게 지내면 지나갈 일.

"당신은 안 그래도 예민하니까 충격이 클 거야. 주부에 일까지 하느라 바쁜데, 그런 때는 안 가도 돼. 그냥 일이나 열심히 해."

그런 말을 얼마나 많이 들었는지 모른다.

그럴지도 모른다고 생각한 적도 몇 번이나 있다.

그래도 나는 아무튼 갑니다. 병실에도 들어갑니다. 보고 싶지 않고 무서운 마음을 떨쳐 버리고서 용감무쌍하게, 어떻게 여겨지든 갑니다.

아줌마가 되었다는 뜻인지도 모르죠.

하지만 아줌마가 되어서 다행이네요.

죽음을 앞둔 사람이 손을 꼭 잡아 주거나, 죽어 가는 개가 마지막 힘을 다해 다가오는 그런 너무도 슬픈 힘을 받아들이는 일이 많아졌습니다.

아주 무거운 책임을 맡기는 그 힘.

그러나 살아 있는 한 무거워도 받고 싶다.

그리고 나 역시 죽을 때는 모두의 손을 꼭 잡고 싶다.

온 힘을 다해 간절히 바통을 넘긴다.

그것이 인간이라고 생각합니다.

이 에세이집은 여러 곳에 쓴 글을 모은 것이지만 절대 가벼운 기분으로 편집하지 않았습니다.

NHK출판의 희망의 별, 마치 자라처럼 집요한 것이 최대의 매력이며 "형사인가 고미나토인가."라고 불릴 정도로 탐구심을 불태우며 문장을 다루는 프로 중의 프로 고미나토 마사히코 씨가 마치 자기 일처럼 마음을 다해 만든 책입니다.

이런저런 잡지의 특성에 맞춰 문체와 사용한 단어가 조금씩 다르지만 글을 썼던 나의 마음은 똑같습니다.

사람이 보다 편견 없이, 보다 행복하고 마음 편히, 그리고 보다 사람답게 생명을 불태우며 살려면 어떻게 해야 할까?

사람이 이 세상을 떠날 때 후회가 없으려면 어떻게 해야 할까?

이런 테마로 만든 책이 다소나마 여러분을 마음 편히 쉬게 하고, 방황하는 사람의 등을 떠밀 수 있다면 얼마나 좋겠는지요.

본문 중에 나의 중학생 시절 일화, 사잔 올 스타즈의 가사가 나오는 「언제까지나」라는 에세이가 있는데, 이때 동글동글 귀여운 글자로 「C 조 말에 주의」를 썼던 세키야 마사미 씨가 죽었다는 소식을 당시 스포츠 만능의 인기남이자 지금은 정치가가 된 엄청 좋은 녀석 와타나베 마사시 씨에게 들었습니다.

같은 교실에 있던 시절에서 참 멀리까지 왔다고 생각합니다.

지금도 그녀의 꼿꼿한 등, 또렷한 목소리, 멋진 농구 플레이, 그리고 무엇보다 귀엽고 큰 목소리로 "요시모토! 너 왜 그렇게 웃겨!" 하며 웃던 모습이 되살아납니다.

역시 살아 있다는 것은 떠나보내는 일이기도 합니다.

지진 관련 몇 편의 글은 독일 신문에서 의뢰받거나(「인생을 만드는 것」) 지진 직후에 각 미디어에서 급하게 의뢰받아 쓴 것입니다. 각각의 테마에 따른 글이라 단편적이지만 그때 분위기가 남아 있어 소중하다는 생각에 포함했습니다.

아메야 노리미즈 씨가 니시스가모 일대를 무대로 전시한 「나의 모습」전은 인생을 뒤바꿀 만큼 대단했습니다.

이 규모로 그린 사상을 표현하다니 가능하지 않다고 생각했습니다.

우리 아이와 아메야 씨의 딸이 꺄악꺄악 뛰어다니며 노는 모습은 생명력으로 넘치는데, 그 주위에는 온갖 형태의 죽음이 있었습니다.

그러나 절대 싫은 느낌은 아니었어요. 인간이란 본디 그런 것이라는 중요한 사실이 떠올랐습니다. 유전자가 떠올린 듯한 감각이었죠. 죽음은 불길한 것이 아니고, 그것은 삶이 불길한 것이 아니기 때문이다. 죽음은 언제나 옆에 있으며, 그 죽음을 정결히 하고 마주하면 생명의 일부가 된다. 그러기 위해서는 평소에 어떤 장소에 정신적으로 몸을 둘 것인가가 중요하다. 그런 점이 강력하게 전해지는 전시였습니다.

끔찍하고, 무섭고, 컴컴하고, 더럽고…… 그런 이미지 속에 숨겨진 진실을 아메야 씨는 언제나 온 마음과 힘을 다해 보여 줍니다.

지금은 도쿄에 없는 야마니시 겐이치 씨, 먼 곳에서 그림을 그려 주셔서 감사합니다. 그림 속에 죽은 열일곱 살의 제리가 있어 가슴이 뭉클했습니다.

이 에세이에 등장하는 모든 사람들, 바나나 사무소의 직원 여러분, 감사합니다.

이 시리즈의 세 번째 책이 나올 무렵 나는 어떤 모습일까, 이 기간에 과연 어떤 일이 나를 기다리고 있을까.

겁도 나지만, 그러나 기대하는 마음으로 살아갑니다.

수많은 생명을 받아들였던 이 손으로 탐욕스럽게, 정

열을 불태우며.

혼도 나고, 옥신각신도 하고, 술을 지참해 술집에 가기도 하고(웃음), 코르키지 비용을 지불하고 가게 사람에게도 한잔 주면서 친해지기도 하고, 다양한 사람들 사이에서 설득하기도 하고 당하기도 하고, 좋아하기도 하고 싫어하기도 하고.

그리고 무엇보다 사랑하고 사랑받고, 행복하게, 생명이 있는 동안은 오직 그렇게 매일을 살겠습니다.

읽어 주셔서 감사합니다.

요시모토 바나나

옮긴이 김난주

1987년 쇼와 여자대학에서 일본 근대문학 석사 학위를 취득했고, 이후 오오쓰마
여자대학과 도쿄 대학에서 일본 근대문학을 연구했다. 현재 대표적인 일본 문학
전문 번역가로 활동하며 다수의 일본 문학 및 베스트셀러 작품을 번역했다.
옮긴 책으로 무라카미 하루키의 『태엽 감는 새 연대기』, 『세계의 끝과 하드보일드
원더랜드』와 요시모토 바나나의 『키친』, 『하드보일드 하드럭』, 『막다른 골목의
추억』, 『서커스 나이트』, 『주주』, 『새들』, 『시모키타자와에 대하여』 등과
『겐지 이야기』, 『모래의 여자』, 『기린의 날개』, 『천공의 벌』 등이 있다.

여행 아닌 여행기

1판 1쇄 펴냄 2023년 9월 21일
1판 3쇄 펴냄 2024년 3월 4일

지은이   요시모토 바나나
옮긴이   김난주
발행인   박근섭, 박상준
펴낸곳   (주)민음사

출판등록   1966. 5. 19. 제16-490호
주소   서울특별시 강남구 도산대로1길 62(신사동)
           강남출판문화센터 5층 (우편번호 06027)
대표전화   02-515-2000 | 팩시밀리 02-515-2007
홈페이지   www.minumsa.com

한국어판 ⓒ민음사, 2023. Printed in Seoul, Korea

ISBN 978-89-374-2712-1 03830